AF458675

8° Yth
13430

a garder

BELLAH
par Octave Feuillet
1 vol. grand in-18. — 3 francs.

LES EXCENTRIQUES
par Champfleury
1 volume grand in-18. — 3 francs.

BIBLIOTHEQUE DRAMATIQUE

Théâtre moderne.

PARIS QUI DORT

COMÉDIE-VAUDEVILLE EN 5 ACTES

Prix : 1 Franc.

Nouvelle Publication.

MUSÉE LITTÉRAIRE
DU SIÈCLE,

A 20 CENTIMES LA LIVRAISON DE 24 PAGES. IL EN PARAIT 2 PAR SEMAINE.

EN VENTE :

LES TROIS MOUSQUETAIRES, 1 vol. broché... 1 50
VINGT ANS APRÈS, 1 vol. broché............ 2 »
LE VICOMTE DE BRAGELONNE, 1 vol. broché. 4 50

En Préparation :

Le Comte de Monte-Cristo, 1 vol. broché......... 3 50
Ascanio, 1 vol. broché........................ 1 50

MICHEL LÉVY FRÈRES, LIBRAIRES ÉDITEURS
RUE VIVIENNE, 2 BIS.
PARIS—1852

EN VENTE : **SCÈNES DE LA BOHÈME,** par Henry Murger, 1 volume grand in-18. — 3 francs.
SCÈNES DE LA VIE DE JEUNESSE, par le même, 1 volume grand in-18. — 3 francs.
LE PAYS LATIN, par le même, 1 volume grand in-18. — 3 francs.

...LES ...ANIN Les Gaîtés Champêtres, 2 beaux vol. in-8. — 12 francs.
La Religieuse de Toulouse, 2 beaux vol. in-8.—12 francs.

PIÈCES DE THÉATRE

PARUES DANS LA BIBLIOTHÈQUE DRAMATIQUE, FORMAT IN-18 ANGLAIS.

Le Gant et l'Éventail. . » 60
La Baronne de Blignac. » 60
L'Inventeur de la Poudre. » 60
Château des Sept-Tours. 3 »
Sport et Turf. 2
Le Docteur Noir. . . . » 60
Charlotte. . . . . » 60
Clarisse Harlowe. . . . » 60
Madame de Tencin. . . 5 »
Don Gusman. . . . . . » 60
Le Bonhomme Richard. » 60
Gentil-Bernard. . . . . » 60
Échec et Mat. . . . . . 1 »
Un Mari qui se dérange. » 60
Closerie des Genêts. . . 1 »
Une Chambre à deux lits. » 60
Les Demoiselles de Noce. » 60
Le Nœud Gordien. . . . » 60
Pierre Février. . . . . . » 60
Gibby la Cornemuse. . . 1 »
Le Lait d'Anesse. . . . » 60
La poudre Coton. . . . » 60
Diable ou Femme. . . . » 60
Un Mari fidèle. . . . . » 60
Robert Bruce, opéra. . . 1 »
Marie ou l'Inondation. . » 60
Mystères du Carnaval. . » 60
Mademoiselle Navarre. » 60
Trois Rois, Trois Dames. » 60
Un Coup de Lansquenet. » 60
Irène ou le Magnétisme. » 60
En Province. . . . . . » 60
Le Filleul de t. le monde. » 60
Le Fantôme. . . . . . . » 60
La Reine Margot. . . . 1 »
Une fièvre brûlante. . . » 60
Bertram le Matelot. . . » 60
Alceste. . . . . 1 »
L'Enfant de l'Amour. . » 60
Notre fille est Princesse. » 60
La Reine Argot. . . . . » 60
Palma. . . . . » 60
Un Docteur en Herbe. . » 60
La loge de l'Opéra. . . » 60
Ce que Femme veut. . . » 60
Léonard le Perruquier. . » 60
Le bouquet de l'Infante. 1 »
Un Coup de Vent. . . . » 60
Père et Portier. . . . . » 60
Le Chiffonnier de Paris. 1 »
La Vicomtesse Lolotte. . » 60
Le Trottin de la Modiste. 3 »
Les Nuits blanches. . . . » 60
Les Étouffeurs de Londres. » 60
La Bouquetière. . . . . 1 »
Les Notables de l'endroit. » 60
Robert Bruce, drame. . » 60
Pour arriver. . . . . . » 60
Intrigue et amour. . . . 1 »
Un Mousquetaire gris. . 1 »
Le jeune Père. . . . . . » 60
L'École des Familles. . 1 »
Le Chirurgien-Major. . » 60
Charlotte Corday. . . . » 60
Le Cher. de Maison Rouge. 1 »
Les Deux Foscari, opéra. 1 »
Les Chiffonniers. . . . . » 60
Léa ou la Sœur du Soldat. » 60
Le Fils du Diable. . . . 1 »
Le Bonheur sous la main. » 60
Rose et Marguerite. . . » 60
Simon le voleur. . . . . » 60
Isabelle de Castille. . . » 60
Le Réveil du Lion. . . . » 60
Le Chevalier d'Essonne. » 60
Les premiers beaux jours. » 60
Regardez, mais ne touchez pas. . . . . » 60
Martin et Bamboche. . . 1 »
L'Ordonnance du Médecin. 60
Le Coin du Feu. . . . . » 60
Cléopâtre. . . . . 1 »
Jacques le Fataliste. . . » 60
Gastibelza. . . . . 1 »
Une jeune Vieillesse. . . » 60
Les premiers Pas. . . . » 60
Jérôme le maçon. . . . . » 60
Jérusalem. . . . . 1 »
En Bonne Fortune. . . . » 60
Le Trésor du pauvre. . » 60
La dernière conquête. . » 60
Un Château de Cartes. » 60
Hamlet. . . . . 1 »
Un Banc d'Huîtres. . . » 60
Les Geais. . . . . » 60
Les Tribulations d'un grand homme. . . . . » 60
Journal d'une Grisette. » 60
La Marinette. . . . . . » 60
Les Mém. de Grammont. » 60
Lavater. . . . . » 60
Hortense de Blengie. . . » 60
Les Mousquetaires de la Reine. . . . . 1 »
Marquis de Lauzun. . . » 60
Léonie. . . . . » 60
Les Extrêmes se touchent. » 60
Amour et Bergerie. . . » 60
Le Fruit défendu. . . . » 60
Le Petit-Fils. . . . . . » 60
Griseldis ou les Cinq sens. 1 »
La Clef dans le dos. . . » 60
Notre-Dame-des-Anges. » 60
Le Collier du Roi. . . . » 60
Gille Ravisseur. . . . . » 60
Un jeune homme pressé. » 60
Le pouvoir d'une femme. » 60
Le 24 février, à propos. . » 60
Vestris. . . . . » 60
La Foi, l'Espérance et la Charité. . . . . . 1 »
Un voyage sentimental. 2 »
Md. de jouets d'enfants. » 60
Une Poule. . . . . » 60
Horace et Caroline. . . 1 »
Maréchal Ney. . . . . . 2 »
Éric, ou le Fantôme. . . » 60
Guillaume le débardeur. » 60
Le Démon familier. . . » 60
Un et un font un. . . . » 60
Les frais de la guerre. . 2 »
La niaise de Saint-Flour. 1 »
Marceau. . . . . 3 »
Un Déménagement. . . 1 »
Les prem. Coquetteries. » 60
Les Portraits. . . . . . » 60
La Marâtre. . . . . . . 1 »
Le Morne au Diable. . . 1 »
Le premier Coup de canif. 60
Le vrai Club des femmes. 1 »
Jeanne Mathieu. . . . . » 60
Taverne du Diable. . . . » 60
Comtesse de Sennecey. . 2 »
Camp de Saint-Maur. . » 60
Les Mystères de Londres 1 »
Le chemin de Traverse. » 60
Le Lion empaillé. . . . 1 »
Les Parades de nos Pères. » 60
Le Livre noir. . . . . . 1 »
L'affaire Chaumontel. . » 60
Catilina. . . . . 1 »
Les Fonds secrets. . . . 1 »
Les Sept Péchés Capitaux. 1 »
Les Deux font la paire. » 60
Un coup de pinceau. . . » 60
Macbeth. . . . . 1 »
Envies de Mad. Godard. 3
Vieillesse de Richelieu. . 1 »
Le Cuisinier politique. . » 60
Île de Tohu-Bohu. . . . 3 »
Un vilain Monsieur. . . » 60
Le czar Cornélius. . . . » 60
Fualdès. 1
Le Roi de Cœur. . . . . » 60
Les 12 Travaux d'Hercule. 60
L'Argent. . . . . » 60
Les Lampions de la veille. 1 »
Rage d'Amour. . . . . . » 60
Comment les Femmes se vengent. . . . . » 60
Les Marrons d'Inde. . . 2
Tout chemin mène à Rome. 60
Montagne et Gironde. . . 1 »
Le Caïd. . . . . 1 »
Bon gré Mal gré. . . . . » 60
La petite Cousine. . . . » 60
Pardon de Bretagne. . . 1
Foire aux idées. . . . . » 60
Orphelins du pont Notre-Dame. . . . . 1 »
Le 24 Février, drame. . » 60
La Popularité. . . . . . » 60
La pension alimentaire. » 60
Le berger de Souvigny. » 60
La Tasse cassée. . . . . » 60
Le Pasteur. . . . . » 60
Mauvais Cœur. . . . . . 1 »
Une Dent sous Louis XV. » 60
L'Amitié des Femmes. . 1 »
Rachel ou la belle Juive. » 60
Habit, Veste et Culotte. » 60
L'Habit vert. . . . . . . 1 »
Vautrin et Frise-Poulet. » 60
La Mort de Strafford. . . » 60
La Danse des Écus. . . . 1
2e No de la Foire aux Idées. 60
Louis XVI et Marie Antoinette. . . . . 1 »
La Paix à tout prix. . . » 60
La Cornemuse du diable. » 60
Comte de Sainte-Hélène. » 60
Curé de Pomponne. . . . » 60
Gardée à vue. . . . . . . » 60
Les Monténégrins. . . . 1 »
Le bouquet de Violettes. » 60
Le Guérillas. . . . . . . » 60
Les Prétendants. . . . . » 60
Jobin et Nanette. . . . . » 60
Un Drame de Famille. . » 60
André Chénier. . . . . . 1 »
Elzéar Chalamel. . . . . » 60
Les trois étages. . . . . » 60
Les Puritains d'Écosse. . 1 »
La Grosse Caisse. . . . . » 60
Un Duel chez Ninon. . . » 60
Le Toréador. . . . . . . 1 »

PARIS QUI DORT

SCÈNES DE LA VIE NOCTURNE EN CINQ ACTES

PAR

MM. DELACOUR ET LAMBERT THIBOUST

MUSIQUE NOUVELLE DE

MM. J. NARGEOT ET BAZILE

Représentées pour la première fois, à Paris, sur le théâtre des Variétés, le 21 février 1852.

BIBLIOTHÈQUE NATIONALE IMPR. R.F.

PARIS
MICHEL LÉVY FRÈRES, LIBRAIRES ÉDITEURS
RUE VIVIENNE, 2 BIS.
1852

Yth 13450

DISTRIBUTION DE LA PIÈCE.

CÉSAR, enfant du Boulevard................	MM.	CH. PÉREY.
BLAIREAU, ex-bonnetier retiré.............		LECLÈRE.
GEORGES DE MAREUIL.......................		CACHARDY.
DUTILLET..................................		DANTERNY.
HECTOR DE BLANGY..........................		DUVERNOY.
CANIGOU, commissionnaire..................		DELIÈRE.
MALASSIS, tenant un garni.................		GAUTIER.
TRINQUART, garde national.................		JEAULT.
DURONÇAY, idem............................		RHÉAL.
THOMAS, habitué du garni de Malassis......		CHARIER.
UN GARDE DU COMMERCE......................		BACHE.
DEUX JEUNES JENS..........................		LÉOPOLD. BARBIER.
UN MARCHAND DE JOURNAUX...................		OGEZ.
UN GARÇON DE TORTONI......................		ÉDOUARD.
UN GARÇON DE LA MAISON D'OR...............		PELLERIN.
UN ANGLAIS................................		LEMARE.
CAUSETTE, bouquetière du Boulevard........	Mlles	PAGE.
MATHILDE, femme de Georges................		CONSTANCE.
MADAME BLAIREAU...........................		JOLLIVET.
MALAGA....................................		BERTIN.
SIMONNE...................................		CÉLESTE.
MARIETTE, bonne de madame Blaireau........		ESTHER.
UNE FEMME DE CHAMBRE......................		JOLLY.

UNE ANGLAISE, HABITUÉS DE TORTONI, PROMENEURS, GAMINS, DEUX GARDES NATIONAUX, DEUX RECORS, COMMISSIONNAIRES, INVITÉS, HABITUÉS DU GARNI DE MALASSIS.

ACTE I.

Le boulevard des Italiens. — Au fond, Tortoni et la Maison d'or. — Les fenêtres de Tortoni sont ouvertes et l'on voit l'intérieur d'un salon avec des tables. — Devant le café, trois tables et des chaises. A droite, l'entrée de la rue Laffitte ; à gauche, l'entrée de la rue Taitbout. — Sur le devant, un marchand de journaux, avec sa petite table et sa lanterne au bout d'un bâton fiché en terre. — Des promeneurs circulent, d'autres sont attablés devant Tortoni et prennent des glaces. — Tableau animé de Paris à onze heures du soir. — (Toutes les indications sont prises du spectateur.)

SCÈNE I.

UN MARCHAND DE JOURNAUX, PROMENEURS, *puis* GEORGES *et* DUTILLET ; LE GARÇON DE TORTONI *va et vient.* (*Le théâtre n'est éclairé que par les lanternes de gaz.*)

LE MARCHAND DE JOURNAUX.

Le *Moniteur*, *la Patrie*, la *Gazette de France*... demandez les nouvelles du jour.

UN JEUNE HOMME, *assis devant Tortoni.*

Comment a fini la bourse ?

UN AUTRE JEUNE HOMME, *assis à la même table.*

Le cinq... à quatre-vingt-dix offert...

PREMIER JEUNE HOMME.

Diable ! c'est de la baisse pour demain.

LE MARCHAND DE JOURNAUX.

Les journaux du soir... les nouvelles intéressantes d'Espagne, le *Moniteur*... (*Il s'interrompt devant un acheteur.*)

GEORGES, *venant du boulevard par la gauche et regardant à sa montre.*

Onze heures... l'Opéra va bientôt finir... Et Mathilde qui exige que je vienne la prendre... quel ennui !

DUTILLET, *venant du boulevard par la droite.*

Pardon, monsieur, voulez-vous me permettre d'allumer mon cigare au vôtre ?

GEORGES.

Comment donc ! (*Dutillet s'allume.*)

* Georges, Dutillet.

DUTILLET.

Mille grâces, monsieur... Eh! mais, je ne me trompe pas... monsieur Georges.

GEORGES.

Moi-même.

DUTILLET.

J'ai eu l'honneur de voir monsieur chez Malaga, la sirène de la rue de Provence.

GEORGES.

C'est possible.

DUTILLET.

Délicieuse femme!... le petit Hector se ruine pour elle... A propos, êtes-vous du souper qu'il nous donne ce soir à la Maison d'or?

GEORGES.

Je suis invité; mais je ne sais...

DUTILLET.

Venez, on rira... (*Il salue et remonte près des deux jeunes gens, qui se sont levés et avec lesquels il cause un instant.*)

GEORGES, *à lui-même.*

Quel est cet original?... (*Regardant sa montre.*) Onze heures cinq... diable! (*Il sort vivement par la droite.*)

SCENE II.

DUTILLET, LE MARCHAND DE JOURNAUX, PROMENEURS, LE GARÇON DE TORTONI.

DUTILLET, *quittant les deux jeunes gens qui sortent et regardant Georges s'éloigner.*

Quel est ce monsieur?... Monsieur Georges... mais Georges qui?... Georges quoi?... C'est vrai, chez ces dames du quartier Bréda, on ne se connaît que par un prénom... Oh! vivent les femmes du monde!... et les bouquetières!... Ah! Mathilde est charmante; mais Causette est bien jolie!... La perle des salons... et la rose du boulevard!... Dutillet, mon bon, vous êtes pincé, pincé en partie double!... (*Regardant de côté et d'autre.*) Et mon commissionnaire qui ne vient pas... A-t-il remis ma lettre? Ah! je meurs d'amour! parole sacrée!... (*Criant.*) Garçon, une glace!

LE GARÇON, *s'approchant.**

Vanille, groseille, citron, orange, pistache et marasquin.

DUTILLET.

Vanille. (*Il désigne la première table à gauche.*)

* Le garçon, Dutillet.

LE GARÇON.

Voilà, voilà! (*Il rentre et sert la glace.*)

DUTILLET.

Mathilde se décidera-t-elle à me répondre?... Quant à cette petite bouquetière, ici, toujours entourée comme elle l'est, il ne m'est guère possible de lui parler. Voyons, comment pourrais-je?... (*Jetant son cigare.*) Ah! quel affreux cigare!... et la régie qui supprime les vingt centimes!... (*Il va s'asseoir et prend sa glace.*)

LE MARCHAND DE JOURNAUX.

Le *Moniteur*... *la Patrie*... la *Gazette de France*... demandez les nouvelles du jour.

SCENE III.

Les Mêmes, BLAIREAU, Mme BLAIREAU. (*Blaireau et Mme Blaireau entrent par la droite en se donnant le bras.*)

BLAIREAU.*

Arrive donc, bobonne.

Mme BLAIREAU.

En vérité, monsieur Blaireau, vous marchez comme une locomotive.

BLAIREAU.

Eh! eh! je suis de mon siècle!...

Mme BLAIREAU.

Et dire que vous n'avez pas eu le cœur de m'offrir une citadine!...

BLAIREAU.

Dis donc que je ne suis pas la crême des maris! Je te mène au spectacle, à l'Ambigu!... Quelle jolie pièce que *le Monstre!*... C'est plein d'intérêt... J'ai pleuré comme une biche, moi!

Mme BLAIREAU.

Monsieur Blaireau, vous nous faisiez remarquer.

BLAIREAU.

Ah! je suis comme ça, moi... j'aime la littérature, et je ne vois pas pourquoi un ex-bonnetier qui a 6,000 livres de rentes, et qui demeure rue de la Chaussée-d'Antin, ne donnerait pas un libre cours à ses larmes... Moi, au spectacle, je ne m'amuse que quand je pleure.

Mme BLAIREAU.

Quel est l'auteur de la pièce?

BLAIREAU.

C'est M. Scribe... puisque c'est lui qui compose toutes les

* Dutillet, Blaireau, Mme Blaireau.

pièces qui font de l'argent !... Allons, viens, ma bonne... il faut qu'à minuit je retourne au poste pour l'appel... Tu sais que je suis de garde à la mairie... Aussi, dépêchons.

LE MARCHAND DE JOURNAUX.

La Patrie ! le journal du soir !

BLAIREAU.

Attends... je vais acheter le journal.

Mme BLAIREAU.

Laisse donc ! Ils ne disent tous que des bêtises !...

BLAIREAU.

Que diable veux-tu qu'ils disent pour trois sous ?. . S'ils étaient raisonnables, ils n'auraient pas d'abonnés... C'est clair, ça ?... (*Allant au marchand de journaux.*) N'est-ce pas, Monsieur ?... Donnez-moi une *Patrie*... une *Patrie* du jour... Dernièrement, j'en demandais une du jour... et il y avait quatre jours qu'elle était du jour... (*Il prend le journal, paye et rejoint sa femme.*) Allons-y, bibiche. (*Il lui prend le bras.*)

Mme BLAIREAU.

Et vous ne m'offririez seulement pas une bouteille de bière ?

BLAIREAU.

La bière m'indispose.

Mme BLAIREAU.

Eh bien ! une limonade gazeuse ?

BLAIREAU.

Oh ! les femmes, c'est ruineux !... Êtes-vous assez exigeante ?... Enfin !... garçon !... une limonade gazeuse !

LE GARÇON.

Voilà ! voilà ! (*Blaireau et sa femme vont s'asseoir à la table du milieu, au fond. Le garçon les sert.*)

BLAIREAU. *

Tu as donc soif ?...

Mme BLAIREAU.

Et faim aussi... Le spectacle, ça creuse... Je mangerai un morceau en rentrant.

DUTILLET, *tenant un journal.*

Tiens ! l'Alboni chante *la Corbeille* ce soir !

BLAIREAU.

Mais quelle jolie pièce que *le Monstre* !... J'y retournerai !...

SCENE IV.

LES MÊMES, CANIGOU. (*Canigou arrive du boulevard par la gauche ; il a l'air de chercher.*)

DUTILLET**, *l'apercevant.*

Ah ! Canigou !... Mon commissionnaire !... (*Il se lève et va à lui.*) Eh bien ! as-tu remis ma lettre ?

* Dutillet, Mme Blaireau, Blaireau.

** Dutillet, Canigou, Mme Blaireau, Blaireau.

CANIGOU, *accent auvergnat très-prononcé.*

Oui, Monsieur.

DUTILLET.

Est-on toujours en colère?

CANIGOU, *riant.*

Oh! non, Monsieur.

DUTILLET.

O amour!... (*Lui donnant de l'argent.*) Tiens, voilà 5 francs!... Viens demain matin chez moi, comme d'habitude.

CANIGOU.

Oui, Monsieur Dutillet. (*Dutillet retourne s'asseoir à sa table. — A part.*) Je t'en souhaite que je les remets, tes lettres!... (*Il montre une lettre qu'il met dans sa poche.*) Tiens! la v'là à son adresse, avec les autres... Enfoncé le jobard!... (*Il va pour sortir à droite, et s'arrête en entendant la voix de César.*)

SCENE V.

LES MÊMES, CÉSAR.

CÉSAR, *arrivant par la rue Laffitte.**

Vive la joie!... (*Il fait sonner de l'argent dans sa main.*)

CANIGOU.

César! (*Pendant cette scène, César ramasse quelques bouts de cigares.*)

CÉSAR.

AIR *du Garçon d'honneur.*

Sapristi! (*bis*).
Le bel état qu' celui
D' Titi!
Rien, d'honneur,
N' vaut l' bonheur
Du joyeux flâneur!
Nom d'un chien!
Est-y bien
Un sort plus heureux que le mien!
J' suis César, (*bis.*)
Le roi du boul'vard!..
J' suis l' premier pour ouvrir les portières,
Sou par sou,
J' fais partout
Mes affaires.

* Dutillet, Canigou, César, Mme Blaireau, Blaireau.

J' suis fic'lé, r'nommé pour mes manières...
Est-il plus gai quidam
D'd'ssus l' macadam ?

CÉSAR.

(*Parlé.*) César, père et mère inconnus, fait les commissions, et généralement tout ce qui concerne son état... Et quelle aubaine quand il pleut!... (*Imitant la voix de femme.*) « Cocher! cocher!... une voiture. — On y va, ma princesse...— Faubourg Saint-Germain, rue de Lille. — Excusez... Roulez, cocher... » A quelques pas, j'entrevois une petite femme voilée avec un jeune homme qui a du chic, un pince-nez sur l'œil et une raie sur le milieu de la tête... « Cocher! arrêtez! — Où va madame? (*Avec une voix de femme.*) — Où vous voudrez, pourvu que ce soit dans les Champs-Élysées... — Compris... Roulez, cocher... mais pas trop vite... madame a des nerfs... » Le jeune homme au pince-nez me glisse 5 francs..., et v'là comme on arrive à être millionnaire!

REPRISE.

Sapristi, etc.

CANIGOU.

T'as donc fait une bonne journée?

CÉSAR, *lui montrant son argent.*

Tiens!... plus que ça de monarques!... et je ne suis pas médaillé!...

CANIGOU.

T'as de la chance, toi, fichtra!

CÉSAR.

Je paye une tournée, deux tournées, trois tournées!...

CANIGOU.

Je peux pas... j'ai une commission... (*Voulant s'en aller.*) A cette nuit!...

CÉSAR, *riant et le retenant.*

Tiens! au fait, c'est vrai... Nous sommes camarades de chambrée... nous logeons tous deux à la corde... pour un sou... rien que ça... chez le père Malassis... et dans le grand quartier encore... près de la rue Saint-Lazare et des chemins de fer... dans la *Petite Pologne*... A propos, t'as pas vu Causette, ce soir?

CANIGOU.

Ah! la petite bouquetière!... (*Montrant la gauche.*) Elle est par là... Tu l'aimes donc bien?

CÉSAR.

C'tte bêtise!... J'suis son défenseur naturel... Causette est orpheline comme moi... C'est moi que je lui tiens lieu de mère... C'est moi que je la protége.

CANIGOU.

Belle protection !...

CÉSAR.

Le cœur y est... ça suffit... C'est ma sœur... Quand elle n'a pas d'argent, c'est moi qui paye son garni... le plus beau cabinet du père Malassis. Cinq sous par nuit... 7 francs 50 par mois... rien que ça.

CANIGOU.

Fichtra !... (*A ce moment, un gros Anglais sort de chez Tortoni avec une grande Anglaise.*)

CÉSAR.

Oh ! un Englishman !... (*Allant à l'Anglais.*) Faut-y une voiture, milord ?

L'ANGLAIS. *

Oh ! yès.

CÉSAR, *montrant la gauche.*

Par ici, milord ! j'vas vous ouvrir.

CANIGOU.

Bonsoir, César.

CÉSAR.

Bonsoir, Canigou ; j'vas mettre l'Angleterre dedans. (*Il sort par le boulevard, à gauche, suivi de l'Anglais et de l'Anglaise. Canigou sort par le boulevard, à droite.*)

BLAIREAU. **

Garçon ! garçon !

LE GARÇON, *qui s'est assis à la table du fond, à droite, et qui lit un journal sans se déranger.*

Voilà !

BLAIREAU.

Garçon !

LE GARÇON, *de même.*

Voilà !

BLAIREAU, *se retournant.*

Comment !... il lit le journal ?

LE GARÇON, *se levant.*

Voilà ! monsieur.

BLAIREAU.

Combien ?

* Les Anglais, César, Canigou.

** Dutillet, Mme Blaireau, Blaireau, le Garçon.

LE GARÇON.

Trente sous, monsieur.

BLAIREAU.

Comment, trente sous!... ça ne coûte que dix-huit sous au jardin Turc !

Mme BLAIREAU.

Payez donc, monsieur Blaireau ! (*Elle se lève.*)

BLAIREAU, *se levant.*

Je paye, mais trente sous, je trouve que c'est salé. (*Il paye et descend la scène avec sa femme. Le garçon débarrasse la table.*)

SCÈNE VI.

DUTILLET, BLAIREAU, Mme BLAIREAU, LE MARCHAND DE JOURNAUX, CAUSETTE, *arrivant par le boulevard, à gauche, avec des bouquets et des fleurs à la main.* PROMENEURS.*

DUTILLET, *voyant entrer Causette, qui parle un instant au Marchand de journaux. A part.*

Tiens! Causette!... Cette petite me semble encore plus gentille ce soir.

CAUSETTE, *s'approchant de Blaireau.***

Voulez-vous une rose, Monsieur?

BLAIREAU.

Non.

CAUSETTE.

Un œillet?

BLAIREAU.

Non.

CAUSETTE, *cherchant à lui mettre une fleur à sa boutonnière.*

Oh!... vous ne pouvez pas refuser de m'étrenner!... C'est un sou!

BLAIREAU.

Sapristi!... Veux-tu lâcher ma redingote?

Mme BLAIREAU, *passant près de Causette.****

Ces fleurs sont très-jolies.

DUTILLET, *se levant, à part.*

Vexons ce monsieur. (*Haut, et descendant.*) Petite, combien ce bouquet?

* Le marchand, Constance, Dutillet, Blaireau, Mme Blaireau.

** Dutillet, Causette, Blaireau, Mme Blaireau.

*** Dutillet, Causette, Mme Blaireau, Blaireau.

CAUSETTE.

Quinze sous.

DUTILLET.

En voilà vingt. (*Il donne de l'argent à Causette et prend le bouquet.*)

CAUSETTE.

Merci, mon bon monsieur. (*Elle remonte et disparaît par la gauche, à la suite d'autres promeneurs.*)

DUTILLET, *à Mme Blaireau.**

Si madame veut me permettre de lui offrir ces fleurs?

Mme BLAIREAU, *confuse et minaudant.*

Monsieur, vraiment, je ne sais si je dois....

BLAIREAU, *faisant passer sa femme à droite.***

Permets, permets ; non, tu ne dois pas... (*A Dutillet.*) Non, monsieur ; mon épouse n'aime pas les fleurs... (*A part.*) Ces jeunes gens ont un genre !...

DUTILLET.

Monsieur, j'ai acheté ces fleurs pour madame, et...

BLAIREAU.

J'ai eu l'honneur de vous dire que mon épouse...

DUTILLET.

Madame a paru désirer des fleurs, vous les lui refusez, je les lui offre ; vous repoussez mes politesses ; je suis insulté, et nous sommes forcés d'échanger nos cartes.

BLAIREAU, *à sa femme.*

Sapristi ! madame, on ne flanque pas un mari dans cette position-là... Allons, prenez-le, ce bouquet. (*Il passe à droite.*)

DUTILLET.***

A la bonne heure ! (*Il donne le bouquet à Mme Blaireau.*)

BLAIREAU, *prenant le bras de sa femme.*

Venez, madame. (*A Dutillet.*) Bonsoir, monsieur. (*Dutillet salue, et va se rasseoir à sa table.*) Virginie, vous êtes d'une inconséquence...

Mme BLAIREAU.

Et vous, Hippolyte, d'une jalousie !...

BLAIREAU.

Je ne suis pas jaloux... mais je voudrais que vous ne vous *enthousiasmassiez* pas... Voyons... ne pense qu'à mon amour, bichette, et rentrons... Oh ! quel ennui d'être de garde !... C'est égal, je suis content d'être allé à l'Ambigu,

* Dutillet, Mme Blaireau, Blaireau.

** Dutillet, Blaireau, Mme Blaireau.

*** Dutillet, Mme Blaireau, Blaireau.

moi! quelle jolie pièce que *le Monstre!...* (*Il remonte vers la rue, à gauche, avec sa femme.*)

DUTILLET, *se levant et saluant.**

Madame...

Mme BLAIREAU, *se retournant.*

Monsieur...

BLAIREAU, *avec humeur.*

C'est bon! c'est bon!... Adieu, monsieur... (*Il sort avec sa femme par la rue Taitbout, tout en grommelant.*)

SCENE VII.

LE MARCHAND DE JOURNAUX, DUTILLET, PROMENEURS; *puis* UN GARDE DU COMMERCE *et* DEUX RECORS.

DUTILLET, *le regardant sortir en riant.*

Ah! ah! ah! ce bon bourgeois!... Ah! cette plaisanterie me distrait de cette fatale lettre de change... Quand je pense que, d'un moment à l'autre, je puis être pincé par une escouade de recors... (*remontant*) et qu'au moment où je prends cette glace, ils sont peut-être là, à mes trousses... (*Il se rassied à sa table.*)

LE MARCHAND DE JOURNAUX.

La Patrie! journal du soir! (*Entrent par le boulevard, à droite, un Garde du Commerce et deux Recors : cannes, favoris touffus. Ils s'arrêtent près de la coulisse en voyant Dutillet.*)

LE GARDE DU COMMERCE, *bas aux Recors.***

C'est bien lui!... Quel dommage qu'il soit trop tard!

DUTILLET.

Quinze mille francs!... Où pêcher cette somme?

LE GARDE, *bas.*

Ne le perdons pas de vue... Nous passerons la nuit s'il le faut, et demain matin, au premier rayon du soleil... fouette, cocher!... (*Ils disparaissent tous les trois par le boulevard, à droite.*)

DUTILLET, *se levant.*

Ah! Dutillet, mon bon, voilà ce que c'est que de vouloir être le dieu de la mode!... (*Eclats de rire au dehors, à gauche. Regardant de ce côté.*) Eh! mais... c'est Malaga et le petit Hector! Vivent le champagne et les jolies femmes!... (*Malaga, Hector et Simonne entrent par le boulevard, à gauche.*)

* Blaireau, Mme Blaireau, Dutillet.

** Dutillet, le Garçon.

SCÈNE VIII.

DUTILLET, MALAGA, HECTOR, SIMONNE, LE MARCHAND DE JOURNAUX, PROMENEURS, *puis* CAUSETTE.

ENSEMBLE.*

AIR : *Fragment du Val d'Andore.*

C'est après la folie
Qu'il faut courir ! (*bis.*)
Les seuls dieux de la vie,
Que l'on doit servir,
Sont les amours et le plaisir !

DUTILLET, *saluant.*

Malaga... madame...

MALAGA.

Bonjour, mon bon... Ça va bien ?... Moi, je suis toute chose... ça ne va pas.

DUTILLET.

Ce cher Hector !... (*Hector salue.*) Et d'où venez-vous, belle dame ?...

MALAGA.

Hector nous a menées au Cirque des Champs-Élysées ; mais ce soir, il est maussade comme tout.

SIMONNE.

Oh ! oui ; ça, c'est vrai.

HECTOR.

Parce que ces dames n'ont fait que lorgner Auriol !... Et le singe, vous savez, Dutillet... n'a-t-il pas eu l'audace d'embrasser Malaga ?... C'est déplacé !... Passe pour Auriol ; mais...

MALAGA.

Taisez-vous !

DUTILLET.

Et le souper tient toujours ?

MALAGA.

Parbleu !

HECTOR.

Oh ! nous rirons !... nous dirons des farces !.. nous...

MALAGA.

Taisez-vous !

DUTILLET.

Monsieur Georges sera des nôtres.

* Simonne, Hector, Malaga, Dutillet.

MALAGA.

Je lui ai fait remettre quelques lignes.

HECTOR.

Vous l'avez invité?... Ah! je l'ai en horreur, ce monsieur... D'abord, parce qu'il vous aime et que vous l'aimez.

MALAGA.

Taisez-vous!

SIMONNE.

Taisez-vous, Totor, taisez-vous! (*Hector remonte avec humeur, et redescend à la droite de Dutillet.*)

CAUSETTE*, *qui vient d'entrer par la droite, s'approchant.*

Messieurs, mesdames, vous n'achetez rien à la petite marchande?

TOUS.

Tiens! la petite bouquetière!

CAUSETTE**, *passant entre Malaga et Hector.*

Fleurissez-vous, messieurs, mesdames... (*A Malaga.*) Je n'ai pas été heureuse, aujourd'hui, toutes mes fleurs me restent... et demain elles seront fanées, si vous ne prenez pitié d'elles et de moi.

AIR *de l'Âme en peine.*

Petites fleurs aujourd'hui si pimpantes,
Seront demain mortes et pour toujours...
Ah! relevez leurs têtes languissantes...
Venez bien vite à leur secours!
Femmes et fleurs sont de même famille,
Donnez ainsi, comme une bonne sœur,
Comme une sœur,
Le pain qui fait vivre la jeune fille,
La goutte d'eau qui fait vivre la fleur!

MALAGA, *prenant des fleurs.*

Elle est charmante!... payez, Totor.

HECTOR, *payant Causette.*

Trop heureuse de vous offrir... (*Malaga et Simonne remontent près de deux dames et de deux jeunes gens qui viennent d'entrer par la droite.— Causette remonte aussi.*)

DUTILLET, *à part, regardant Causette.*

Décidément, cette petite me fera faire des folies... Oh! quelle idée!... (*Bas, à Hector.*) Comment! vous faites la cour à Malaga, et vous lui offrez des fleurs fanées... vous ne réussirez

* Causette, Simonne, Malaga, Hector, Dutillet.

** Simonne, Malaga, Causette, Hector, Dutillet.

pas... attendez... (*Il remonte et appelle Causette.*) Petite, veux-tu gagner un louis?...

CAUSETTE*, *descendant*.

Oh! monsieur, je crois bien!

DUTILLET.

Cours chez Mme Prévôt... au Palais-Royal... demande un bouquet... tout ce qu'il y a de mieux... et apporte-le dans une heure à la Maison d'or... tu entends, à la Maison d'or... tu demanderas M. Hector de Blangy?

CAUSETTE.

M. Hector de Blangy.

HECTOR.

Oui... chut!... (*A Dutillet.*) Oh! c'est parfait! (*Remettant de l'or à Causette.*) Tiens... un bouquet de vingt francs.

DUTILLET.

Et autant pour toi, quand tu l'apporteras.

CAUSETTE, *avec joie*.

Vraiment!

DUTILLET, *à part*.

Je la tiens!...

CAUSETTE, *à part*.

Dans une heure!... il sera plus de minuit... César sera inquiet s'il rentre avant moi au garni... mais gagner 20 francs!... 20 francs!... on est riche avec ça!... Ah! bah!... Allons chercher mon bouquet. (*Elle sort en courant, par le boulevard, à droite.—Malaga et Simonne quittent les deux jeunes gens et les deux dames qui entrent chez Tortoni.*)

MALAGA**.

Totor, j'ai une fantaisie de glaces... ça ouvre l'appétit.

SIMONNE.

Ah! c'est une idée!...

DUTILLET.

C'est ça... ce cher Hector va nous payer des glaces... Entrons chez Tortoni, où doivent nous attendre vos autres convives.

HECTOR.

Ah! Malaga... que ne suis-je le singe qui vous a ravi ce baiser!...

ENSEMBLE. — REPRISE.

C'est après la folie, etc.

Malaga prend le bras de Dutillet, Simonne celui d'Hector, et ils entrent chez Tortoni. — On les voit par la fenêtre ouverte prendre leurs glaces avec les deux jeunes gens et les deux dames qui y sont déjà entrés.

* Simonne, Malaga, Causette, Dutillet, Hector.

** Simonne, Malaga, Hector, Dutillet.

SCÈNE IX.

LE MARCHAND DE JOURNAUX, MATHILDE, GEORGES.— *Chez Tortoni*, MALAGA, SIMONNE, DUTILLET, HECTOR, DEUX JEUNES GENS, DEUX DAMES.

LE MARCHAND DE JOURNAUX.

Le Moniteur !... la Patrie !... les nouvelles intéressantes d'Espagne!... demandez les nouvelles du jour!

GEORGES*, *donnant le bras à Mathilde.* (*Ils arrivent par le boulevard, à droite.*)

En vérité, Mathilde, vous avez eu tort de renvoyer votre voiture... je crains pour vous la fatigue.

MATHILDE.

Non, mon ami; l'air du soir me fait du bien... et puis, je suis heureuse à votre bras... il semble que vous m'apparteniez davantage... Georges!... ne me trompez jamais!... (*Rires et voix de femmes chez Tortoni.*)

MALAGA, *chez Tortoni.*

Totor, taisez-vous !

GEORGES, *à part, faisant un mouvement.*

La voix de Malaga !...

MATHILDE.

Qu'avez-vous donc, mon ami ?...

GEORGES.

Rien... rentrons... (*Ils sortent par la rue Taitbout.*)

SCENE X.

LES MÊMES, *moins Georges et Mathilde* ; CANIGOU, CÉSAR, *puis* DES TITIS *et* DES COMMISSIONNAIRES.

CANIGOU, *arrivant par le boulevard, à droite.*

Ma foi, la journée est finie.

CÉSAR**, *arrivant par le boulevard, à gauche.*

Canigou... rebonsoir !...

CANIGOU.

Tu ne viens pas te coucher?...

CÉSAR.

Allons donc! il n'aurait qu'à me tomber une bonne commission?... (*Il ramasse un bout de cigare.*)

HECTOR***, *sortant de chez Tortoni.*

Où diable trouver?... (*Il aperçoit César.*) Ah ! mon garçon... (*César approche.*) tu vas porter cette lettre à l'hôtel Blangy... rue de Vaugirard... tu la remettras à M. de Blangy lui-même.

* Georges, Mathilde.

** César, Canigou.

*** Hector, César, Canigou.

CÉSAR.

Rue de Vaugirard... c'est pas tout près du boulevard des Italiens...

HECTOR.

Je paye double. (*Il prend de l'argent dans son porte-monnaie.*)

CÉSAR.

C'est bien, mon prince.

HECTOR, *à lui-même.*

J'écris à papa que j'ai une conférence de droit romain... Ah! je suis un brigand, ma parole!... Et voilà comme on fait son droit! (*A César, en lui donnant une lettre et de l'argent.*) Tiens, mon garçon.

CÉSAR.

Merci, mon prince!... On y va tout de suite. (*Hector rentre chez Tortoni. — Arrivent de tous côtés des Titis et des commissionnaires. Les Titis ramassent des bouts de cigares.*)

CÉSAR*, *à Canigou.*

Encore une commission qui te passe devant le nez, mon vieux! (*Les Titis entourent César.*) Bonsoir, les enfants!

TOUS.

Bonsoir, César!

CÉSAR.

On va donc se livrer à ses petites industries nocturnes. Bravo! chacun sa place à la lune! (*On entend sonner minuit.*) Minuit! bravissimo! Le gaz flambe, les voitures filent... c'est le règne des loupeurs, des flâneurs et des baladeurs qui commence!... Boucan général! V'là Paris qui se couche!

AIR *nouveau de M. Baxile.*

Ecoutez, v'là l'heure qui sonne,
C'est minuit! (*bis en chœur.*)
Pour le flâneur qui réveillonne,
Viv'la nuit! (*bis en chœur.*)
Quel plaisir quand Paris commence
A pioncer. (*bis en chœur.*)
D'savoir employer l'existence
A nocer! (*bis en chœur.*)
Vive le bruit, viv'le tapage!
Viv'le pochard qui chante à mort!
Viv'le piéton! viv' l'équipage!
Viv'le tapage!...

* César, Canigou.

CHOEUR.

Des cris toujours ! des cris encor !

CÉSAR.

Et v'là comment Paris s'endort ! (*bis en chœur.*)

CHOEUR. — REPRISE.

Vive le bruit ! viv'le tapage ! etc.

(*Danse sur la ritournelle.*)

CÉSAR.

DEUXIÈME COUPLET.

Derrière les vitres de Vachette,
Voyez-vous (*bis en chœur.*)
L'dandy, l'actrice et la lorette
Puisant tous (*bis en chœur.*)
Dans le champagne qui les grise
Le plaisir ! (*bis en chœur.*)
La nuit, n'fait's jamais la bêtise
De dormir ! (*bis en chœur.*)

CHOEUR.

Vive le bruit ! viv'le tapage ! etc.

(*Danse sur la ritournelle.*)

CÉSAR.

TROISIÈME COUPLET.

La nuit à rire chacun s'applique :
Rigoler, (*bis en chœur.*)
Est l'mot d'ordre... et la politique
Doit filer, (*bis en chœur.*)
A peine, et pour gagner sa vie,
Voyons-nous (*bis en chœur.*)
(*Montrant le marchand de journaux qui s'est endormi.*)
Un brave homme qui vend la Patrie
Pour trois sous ! (*bis en chœur.*)

CHOEUR.

Vive le bruit ! viv'le tapage ! etc.

(*Danse sur la ritournelle.*)

CANIGOU *.

Tout ça, c'est bel et bon. Mais, quoi que tu dises, petit, je vas me coucher. Bonsoir.

CÉSAR.

Va donc dormir, paresseux... Ah ! dis à Causette que je ne tarderai pas... qu'elle dorme tranquillement... Et nous autres, cernons les restaurants à soupers !

* Canigou, César.

TOUS.

C'est ça!

CÉSAR, *à lui-même.*

Ah! diable! Et ma commission... rue de Vaugirard!... Plus que ça de ruban de queue!

REPRISE DU CHOEUR. (*piano.*)

Vive le bruit, viv'le tapage! etc.

César, Canigou, les Titis et les commissionnaires sortent par la gauche, en chantant cette reprise. — César, en sortant, donne un renfoncement au marchand de journaux, qui tombe avec sa table et se réveille.)

LE MARCHAND DE JOURNAUX, *par terre.*

Le Moniteur! la Patrie! (*Il se relève et range ses journaux, — Le garde du commerce reparaît par le boulevard, à droite, avec ses deux recors, et ils s'arrêtent près de la coulisse.*)

DUTILLET, *chez Tortoni.*

Maintenant, à la Maison d'or, et vive l'amour!

LES AUTRES, *chez Tortoni.*

Vive l'amour! (*Ils se lèvent et se disposent à sortir.*)

LE GARDE DU COMMERCE, *bas, à ses recors.*

Allons, les enfants! Voilà une nuit blanche!... Mais nous pincerons l'oiseau.

CHOEUR, (*en dehors.*)

Vive le bruit! viv'le tapage! etc.

Le marchand de journaux s'éloigne par la rue Laffitte, en emportant sa table, sa chaise et sa lanterne. — Dutillet, Hector, Malaga, Simonne et les autres convives sortent de chez Tortoni et se dirigent tout doucement vers la Maison d'or. — Le garde du commerce, en embuscade dans le coin à droite, ne perd pas de vue Dutillet. — Le rideau tombe.

ACTE II.

Minuit. Le retour du spectacle. Le théâtre est divisé en deux compartiments. A gauche, un boudoir élégant. — Porte au deuxième plan à gauche. — Cheminée au premier plan à gauche : sur cette cheminée, un verre d'eau. — A droite, au premier plan, contre le mur, une toilette, une lampe carcel sur la toilette. — A gauche, sur le devant, une causeuse : sur le dossier de la causeuse, un paletot. — Fauteuils, chaises. — Ameublement riche. — A droite, une salle à manger : deux portes aux premier et deuxième plans à droite. Au fond, un grand poêle. — A gauche, au deuxième plan, contre le mur, un buffet. — Sur le buffet, un reste de gigot dans un plat, assiettes, couverts, pain, verres et deux assiettes de dessert. — A droite, entre les deux portes, une patère. — A gauche, adossée au mur, une table ronde à rallonges. — Chaises. — Une bougie sur la table.

SCENE I.

MARIETTE, *seule.*

(*Le compartiment de gauche est vide. — Dans celui de droite, Mariette est assise sur une chaise contre la table, et dort les bras croisés.—On sonne à plusieurs reprises.*)

MARIETTE, *s'éveillant quand on ne sonne plus.*

Il me semblait qu'on avait sonné. Ah! Dieu! que c'est donc embêtant des bourgeois qui vont au spectacle!.. Passer la moitié de la nuit sur une chaise! Oh! ils ne rentreront pas encore!... (*Elle se rendort.—Dès qu'elle est rendormie, la sonnette recommence à carillonner. Quand elle s'arrête, Mariette s'éveille à demi.*) C'est drôle!.... y me semble toujours.... (*On sonne encore.*) Ah! cette fois, c'est eux... c'est pas malheureux!... (*Elle se lève nonchalamment et ramasse le livre qu'elle pose sur la table.*) S'ils étaient obligés de se lever à cinq heures du matin, comme moi... (*Étendant les bras et bâillant.*) Oh! les bourgeois! qué faignants!... (*On sonne avec fureur.*) Un moment, donc!... on y va!... (*Elle prend la bougie et sort par la deuxième porte à droite. En ce moment, une femme de chambre, portant deux candélabres à trois branches allumés, entre dans le boudoir de gauche suivie de Mathilde, en costume de nuit, peignoir blanc très-élégant. La femme de chambre pose les candélabres sur la cheminée.*)

SCENE II.

MATHILDE, UNE FEMME DE CHAMBRE, *à gauche; puis, à droite* BLAIREAU, Mme BLAIREAU, MARIETTE.

MATHILDE, *s'asseyant devant la toilette.* *

Élisa, défaites-moi mes cheveux... Vous pourrez ensuite aller vous coucher.

LA FEMME DE CHAMBRE.

Oui, Madame. (*Blaireau et Mme Blaireau entrent à droite par la deuxième porte, précédés de Mariette qui les éclaire.*)

MARIETTE. **

Madame a donc sonné plusieurs fois?

Mme BLAIREAU.

Mais il y a un quart d'heure que nous carillonnons.

BLAIREAU, *montrant un pied de biche.*

Le pied de biche m'en est restée à la main.

* La Femme de chambre, Mathilde.

** La Femme de chambre, Mathilde, Mariette, Mme Blaireau, Blaireau.

MARIETTE, *posant la bougie sur la table.*

Je m'étais peut-être bien endormie sur ma chaise... Madame rentre si tard...

Mme BLAIREAU.

Hein?.. (*Regardant le livre.*) Toujours des romans!.. Et puis... qu'est-ce que c'est!... vous brûlez de la bougie pour nous attendre. (*Blaireau a accroché son chapeau à la patère, s'est assis à droite, et lit son journal.*)

MARIETTE.

Dame! c'est que...

Mme BLAIREAU.

Cette fille ruinerait une maison...

BLAIREAU.

Je te l'ai déjà dit.

MARIETTE, *à part.*

Oh! qué barraque!

Mme BLAIREAU.

Tenez, prenez mon chapeau... pliez mon schall..... (*Mariette prend le schall et le chapeau, et va les porter au fond. Mme Blaireau s'assied près de la table.*)

MATHILDE, *à sa femme de chambre qui a fini de lui arranger les cheveux.* *

Donnez-moi mon bonnet de dentelles.

LA FEMME DE CHAMBRE, *allant le prendre au fond.*

Le voici, Madame. (*Elle le lui donne.*)

BLAIREAU.

N'étaient-ce pas nos voisins, M. et Mme de Mareuil, qui rentraient tout à l'heure, en même temps que nous?...

Mme BLAIREAU.

Ils revenaient aussi du spectacle.

BLAIREAU.

De l'Ambigu?

Mme BLAIREAU.

Mais non, de l'Opéra... Est-ce qu'ils vont à l'Ambigu?,..

BLAIREAU.

Tiens, pourquoi pas?... *Le Monstre*, c'est plus joli que *le Prophète.* — Mariette!...

MARIETTE.

Monsieur!...

BLAIREAU.

Il n'est venu personne pendant que nous étions sortis?

MARIETTE.

Non, monsieur... Ah! c'est-à-dire monsieur Crapotin, l'ami

* La Femme de chambre, Mathilde, Mme Blaireau, Mariette, Blaireau.

à monsieur... Je lui ai dit que monsieur était aux Funambules...

BLAIREAU.

Comment ! aux Funambules?

MARIETTE.

Dame ! monsieur m'a dit qu'il allait au spectacle...

BLAIREAU.

Eh bien ?

MARIETTE.

Eh ben ! moi, je ne connais de spectacle que les Funambules. Il a été vous y rejoindre.

BLAIREAU, * *se levant et passant près de sa femme.*

Elle a envoyé Crapotin aux Funambules ! (*A Mariette.*)

AIR : *Tenez, moi, je suis un bon homme.*

Mais tu ne fais que des sottises !

MARIETTE.

Chacun, monsieur, fait ce qu'il peut.

BLAIREAU.

Et tu ne dis que des bêtises..
Mais qu'importe ?... rien ne t'émeut.

MARIETTE.

Que voulez-vous ?... j'suis ainsi faite...

BLAIREAU.

Très-bien... mais tu devrais avoir
Assez du jour pour être bête...
Sans être stupide le soir.
N'as-tu pas l'jour pour être bête,
Sans être, etc.

Aux Funambules !... Au lieu de l'envoyer au *Monstre !*... Il se serait tant amusé ! n'est-ce pas, madame Blaireau ? C'est une si jolie pièce que *le Monstre !*...

Mme BLAIREAU.

Voyons, monsieur Blaireau, allez donc vous habiller; vous ne serez pas au corps de garde à minuit.

BLAIREAU.

J'y vais, ma bonne, j'y vais. (*A Mariette, qui s'est endormie tout debout.*) Mariette ! (*Criant.*) Mariette !

MARIETTE, *faisant un soubresaut.*

Monsieur !

BLAIREAU.

Mais c'est une marmotte que cette fille !... Avez-vous brossé mon uniforme ?

* La Femme de chambre, Mathilde, Me Blaireau, Blaireau, Mariette.

MARIETTE.

Non, monsieur... j'ai pas osé.

BLAIREAU.

Comment, pas osé ?...

MARIETTE.

Dame! y a une payse qui m'a toujours dit qu'il fallait se défier des uniformes.

BLAIREAU.

Mais ce n'est pas une domestique, cette fille-là, c'est une grue!... Comme grue, je te vénère... mais comme domestique...

Mme BLAIREAU, *se levant.*

Vous le brosserez vous-même, M. Blaireau... mais allez donc!

BLAIREAU.

J'y vais, bibiche.. j'y vais (*A Mariette.*) Grosse serine! (*Il sort par la première porte.*)

SCÈNE III.

MATHILDE, LA FEMME DE CHAMBRE, *à gauche*; Mme BLAIREAU, MARIETTE, *à droite.*

MATHILDE, *qui achève sa toilette de nuit.* *

Avant de vous en aller, vous me préparerez un verre d'eau sucrée.

LA FEMME DE CHAMBRE.

Oui, madame (*Elle va à la cheminée, fait un verre d'eau sucrée, et l'apporte ensuite sur la toilette.*)

Mme BLAIREAU.

Mettez-moi un couvert, et donnez-moi le restant du gigot.

MARIETTE.

Madame va souper à cette heure?

Mme BLAIREAU.

Eh bien! pourquoi pas?... si j'ai faim...

MARIETTE.

Je ne me coucherai donc pas aujourd'hui?

Mme BLAIREAU.

Vous vous coucherez après... Voyons... m'avez-vous entendue... (*Elle avance la table au milieu de la salle à manger.*)

MARIETTE, *allant au buffet.* **

Voilà, madame, voilà!... (*A part.*) Oh! qué barraque!..... (*Elle apporte et met sur la table un plat contenant le reste d'un*

* La Femme de chambre, Mathilde, Mme Blaireau, Mariette.

** La Femme de chambre, Mathilde, Mariette, Mme Blaireau.

gigot, un couvert, une bouteille, et reste après cela debout près de la table, où elle s'endort tout debout, une assiette à la main.)

Mme BLAIREAU.

Je meurs de faim, moi... et puis ce gigot... avec cette pointe d'ail... (*Elle s'assied devant la table.*)

MATHILDE, *à sa femme de chambre qui lui apporte son verre d'eau sucrée.* *

Avez-vous mis de la fleur d'oranger ?

LA FEMME DE CHAMBRE.

Oui, madame... Madame ne désire plus rien...

MATHILDE.

Non... vous pouvez vous retirer... si j'avais besoin de vous, je sonnerais.

LA FEMME DE CHAMBRE.

Bonsoir, madame. (*Elle sort.*)

MATHILDE.

Bonsoir.

Mme BLAIREAU *à table, à Mariette, qui dort debout, avec impatience.*

Ah ! tenez ! allez-vous coucher !... je me servirai moi-même... C'est impatientant de voir une grande bringue comme ça qui ne peut pas se tenir.

MARIETTE.

Je dors debout !

Mme BLAIREAU.

Allez-vous-en.

MARIETTE, *posant sur la table l'assiette qu'elle tenait.*

Ah ! je m'en vas ! (*A part.*) Qué barraque, mon Dieu !... (*Haut, avant de sortir.*) Bonne nuit, madame. (*Elle sort par la deuxième porte.*)

SCENE IV.

MATHILDE, *à gauche* : Mme BLAIREAU, *à droite.*

Mme BLAIREAU, *avec humeur.*

Bonne nuit ! allez... Ah ! Dieu ! les domestiques !... si l'on pouvait se servir soi-même... Bon ! elle ne m'a pas donné de verre. (*Elle se lève, va en chercher un sur le buffet et revient s'asseoir.*)

MATHILDE.

Ce jeune homme n'a pas paru ce soir à l'Opéra... tant mieux ! quelle insolence !... oser, il y a trois jours, me faire remettre une lettre !... croire que je l'accepterais ! je n'en ai rien dit à Georges... ce serait lui créer d'inutiles soucis... Il fait une cha-

* La Femme de chambre, Mathilde, Mme Blaireau, Mariette.

leur ce soir... (*Elle boit le verre d'eau sucrée. Mme Blaireau se verse un verre de vin.*)

SCENE V.

MATHILDE *et* GEORGES, *à gauche*; Mme BLAIREAU, *puis* BLAIREAU, *à droite.*

MATHILDE, *voyant entrer Georges.*

Ah ! c'est vous, mon ami...

GEORGES.

Oui, je venais prendre mon paletot, qui est dans ce boudoir. (*Le voyant sur la causeuse.*) Oui, le voilà.

MATHILDE.

Vous sortez ?

GEORGES.

Oh! tout à l'heure... (*Il s'accoude à la cheminée et déploie un journal. Mathilde reste devant sa toilette.*)

BLAIREAU, *rentrant par la première porte, en uniforme de garde national et chantonnant d'un air guilleret.* *

La, la, la, la... me voilà... la... la... lon... tiens, tu soupes?..

Mme BLAIREAU.

J'avais faim.

BLAIREAU.

Ma foi !... je mangerais bien aussi...

Mme BLAIREAU.

Eh bien !... et votre corps de garde?

BLAIREAU.

J'ai le temps... l'appel n'est qu'à minuit... et le poste est à deux pas. (*Il va poser son shako au fond, prend un couvert sur le buffet, revient s'asseoir à table et mange.*)

MATHILDE.

Georges... vous vous absentez bien souvent.

GEORGES.

Mais... je vais au cercle... vous le savez...

MATHILDE.

Quels attraits peut donc avoir pour vous une société comme celle-là... composée de gens qui, pour la plupart, vous sont indifférents... que vous pouvez rencontrer partout ailleurs... à la Bourse... au boulevard... à l'Opéra... (*Se levant et allant à lui.*) Voyons, Georges... je me sens un peu souffrante ce soir... si je vous demandais de rester près de moi ?...

* Georges, Mathilde, Mme Blaireau.

** Georges, Mathilde, Mme Blaireau, Blaireau.

GEORGES, *son journal à la main.*

Désolé de vous refuser... il faut que je parle à Durosel, mon agent de change... quelques ordres à lui donner...

MATHILDE.

Vous le verrez demain...

GEORGES.

Impossible... il n'est pas chez lui le matin.

MATHILDE.

Vous lui écrirez...

GEORGES.

Non... je veux le voir.

MATHILDE.

Ah! c'est bien. (*Elle va se rasseoir près de sa toilette, prend un livre qui est dessus et lit. Georges s'assied sur la causeuse et parcourt son journal.*)

Mme BLAIREAU.

Dépêchez-vous, monsieur Blaireau... Vous allez être en retard.

BLAIREAU.

C'est que j'ai bien envie...

Mme BLAIREAU.

De quoi donc?

BLAIREAU.

De leur brûler la politesse ce soir.

Mme BLAIREAU.

Et le conseil de discipline?...

BLAIREAU.

Tant pis!... je tâterai un peu des haricots,

Mme BLAIREAU.

Du tout! du tout! allez ronfler au corps de garde.

BLAIREAU.

Je ronfle donc?...

Mme BLAIREAU.

S'il ronfle?... à démolir la muraille!... vous me réveillez sans cesse... mais cette nuit je me rattraperai... je vais donc pouvoir dormir tout mon soûl!...

GEORGES, *sur la causeuse, avec indifférence, tout en regardant son journal.*

L'Opéra a-t-il été brillant ce soir?

MATHILDE, *posant son livre.*

L'Alboni s'est surpassée... je regrettais que vous ne fussiez pas là.

GEORGES.

Je n'aime pas l'Opéra... vive la musique italienne!... votre Opéra m'étourdit et me fatigue!

MATHILDE.

Je le sais... mais ne pourriez-vous y venir de temps en temps pour moi? ne craignez-vous pas qu'en nous voyant toujours l'un sans l'autre, cela ne donne à penser?... (*Se levant et venant s'appuyer sur la causeuse.*) D'ailleurs, un mari n'est-il pas le protecteur naturel de sa femme?..,

GEORGES, *les yeux toujours fixés sur son journal.*

De quelle protection pouvez-vous avoir besoin?

MATHILDE.

Mais jeune, riche... entourée d'hommages...

GEORGES.

Tiens! la Bourse a baissé.

MATHILDE, *avec une nuance de dépit.*

Ah! la Bourse a baissé?... (*Elle retourne s'asseoir à la toilette.*)

GEORGES.

De trente centimes. (*Il continue à lire. Mathilde reste plongée dans la rêverie.*)

BLAIREAU, *avec éclat.*

Dis donc, madame Blaireau! sais-tu que tu étais charmante ce soir. (*Il se lève et se rapproche de sa femme.*)

Mme BLAIREAU.

Vraiment?

BLAIREAU.

Tes yeux brillaient... Hé! hé!

Mme BLAIREAU, *reculant un peu sa chaise.*

Eh bien! monsieur Blaireau, voulez-vous bien finir!

BLAIREAU.

Le Monstre t'a fait de l'œil deux fois... Je l'ai bien remarqué. J'en suis jaloux. (*Ici, Mathilde se lève et vient de nouveau s'appuyer sur la causeuse.*)

Mme BLAIREAU.

Merci... un homme vert de la tête aux pieds!

BLAIREAU.

Laisse donc. C'est de la couleur... ça s'enlève. (*Allant se ras-*

seoir à table.) Je vais prendre encore un peu de gigot. (*Un instant après, il se lève, reporte le gigot sur le buffet, prend deux assiettes de dessert qu'il vient poser sur la table, se rassied et continue à manger.*)

MATHILDE, *penchée sur la causeuse.*

Georges!

GEORGES.

Mathilde!

MATHILDE.

Vous n'êtes donc pas jaloux!

GEORGES.

N'êtes-vous pas la plus vertueuse des femmes?

MATHILDE.

Et puis, qui voudrait me faire la cour? Pour vous, messieurs, n'est-ce pas chose convenue que votre femme n'est jamais jolie, n'a rien pour plaire?

GEORGES, *la regardant et posant son journal.*

Oh! Mathilde! (*A part.*) C'est qu'elle est charmante!

MATHILDE, *avec coquetterie.*

Comment trouvez-vous que me va ce bonnet?

GEORGES, *sans regarder.*

A ravir!

MATHILDE, *tristement.*

Georges!

AIR *de Périnette.*

Autrefois, vous restiez là,
Georges, qu'il vous en souvienne!
Et votre main dans la mienne
Pendant un an s'oublia...
Un an... et ce temps efface
Mon souvenir, votre amour...
Et près de moi votre place
Reste vide chaque jour.
O félicité passée!
O beaux rêves disparus!
Non, je n'ai plus votre pensée,
Non, Georges, vous ne m'aimez plus!

GEORGES, *la faisant asseoir sur la causeuse, à côté de lui.*

En vérité, Mathilde, vous avez là d'étranges idées... Je vous aime (*il lui baise la main*), et vous n'avez pas le droit d'en douter.

Mme BLAIREAU.

Voyons, monsieur Blaireau... Aurez-vous bientôt fini? Mais, qu'avez-vous donc ce soir?

BLAIREAU.

Décidément, je ne vais pas au corps de garde!

Mme BLAIREAU.

Vous! un caporal!

BLAIREAU, *se levant et reportant la bouteille sur le buffet.*

Bah! les factionnaires se relèveront tout seuls... Mame Blaireau, je reste!

Mme BLAIREAU.

Oh! pas de ces idées-là!... (*Blaireau veut lui prendre la taille.*) Hippolyte, finissez... Voyons! prenez votre shako et partez!

BLAIREAU, *enlevant la table, et avec reproche.*

Ah! Virginie! Virginie!... (*Il chante tout le couplet suivant, en tenant la table dans ses mains.*)

Air précédent.

Autrefois, lorsque j'allais
Au café faire ma partie,
C'est toi, chère Virginie,
C'est toi qui me retenais.
Nous cultivions l' tête-à-tête...
Étais-je assez folichon!..
Je t'appelais ma bichette...
Tu m'appelais ton bichon...
Maint'nant ma flamme inutile
N'éprouve que des refus.
Quand j' veux rester, tu veux que j' file:
Non, bibich', tu ne m'aimes plus!

Il va placer la table contre le mur, à droite.

MATHILDE, *sur la causeuse avec Georges.*

Ainsi, Georges, vous ne sortez pas?

GEORGES.

C'est impossible... demain... (*Mathide se lève avec humeur et va se rasseoir devant la toilette. A part.*) Malaga qui m'a écrit. (*Il se lève.*)

BLAIREAU, *se rapprochant de sa femme.*

Enfoncées les patrouilles!... je brave l'hôtel des haricots!...

Mme BLAIREAU, *se levant.*

Oh! pas de ça!... Vous irez coucher au corps de garde!... (*Lui donnant son shako.*) Tenez, filez...

BLAIREAU, *suppliant.*

Mame Blaireau !... Virginie !...

Mme BLAIREAU.

Il n'y a pas de Virginie qui tienne !... partez !...

GEORGES, *qui a pris son paletot et vient près de sa femme.*

Adieu, Mathilde... (*Il l'embrasse au front.*)

MATHILDE, *froidement.*

Adieu ! Georges !...

GEORGES, *à part.*

Bah ! le sommeil lui fera tout oublier. (*Il sort.*)

Mme BLAIREAU*, *repoussant son mari qui l'embrasse à plusieurs reprises.*

Mais partez donc !

BLAIREAU.

Laisse-moi t'embrasser.

Mme BLAIREAU, *le poussant vers la porte de sortie.*

Vous manquerez l'appel.

MATHILDE, *tristement.*

Parti !

BLAIREAU.

C'est égal... si tu avais voulu... j'aurais bravé les haricots...

Mme. BLAIREAU.

C'est bon ! c'est bon !...

BLAIREAU.

Tu verras... à mon tour... quand tu... alors je... non !... (*Il sort par la deuxième porte.*)

SCENE VI.

MATHILDE, *à gauche,* Mme BLAIREAU.

Mme BLAIREAU**.

M'en voilà débarrassée... maintenant visitons tout... il y a tant de filous qui s'insinuent dans les maisons... (*Elle prend la bougie.*) et puis cet homme vert... ce monstre... oh !... (*Elle sort par la deuxième porte. — Le compartiment de droite reste dans l'obscurité.*)

SCENE VII.

MATHILDE; *puis* LA FEMME DE CHAMBRE *à gauche; et ensuite* Mme BLAIREAU, *à droite.*

MATHILDE, *qui s'est levée, venant s'asseoir sur la causeuse et trouvant une lettre dessus.*

Quel est ce billet ?... tombé de la poche de Georges, sans

* Mathilde, Mme Blaireau, Blaireau.

** Mathilde, Mme Blaireau.

doute... (*Regardant l'adresse de la lettre.*) Une écriture de femme... (*Ouvrant la lettre et la parcourant.*) Un rendez-vous à la Maison d'or... cette nuit !... Georges me trompe !... (*Elle se lève vivement et va agiter une sonnette qui est sur la toilette.*)

LA FEMME DE CHAMBRE*, *entrant.*

Madame a sonné?...

MATHILDE.

Oui... Mon chapeau... mon châle... ma robe de chambre...

LA FEMME DE CHAMBRE.

Madame va sortir?...

MATHILDE, *avec agitation.*

La Maison d'or... c'est au coin de la rue Laffitte, n'est-ce pas?

LA FEMME DE CHAMBRE.

Oui, madame... mais madame ne songe pas à y aller, je pense... un pareil endroit... à cette heure !...

MATHILDE, *à elle-même.*

Cette fille a raison... je ne puis... et pourtant... (*Haut.*) Oh!... qu'on me fasse venir une voiture!... un fiacre!... c'est-à-dire... n'importe!...

LA FEMME DE CHAMBRE.

Madame veut donc?...

MATHILDE.

Allez!... (*La femme de chambre sort.*) Oui, c'est cela... je l'attendrai toute la nuit, s'il le faut... car rester ici... c'est impossible...

Mme BLAIREAU**, *rentrant par la deuxième porte avec la bougie.* (*Le compartiment à droite s'éclaire.*)

Là... je suis bien sûre qu'il n'y a pas de voleurs... Ah!... je vais faire une fameuse nuit... je tombe de sommeil... (*Elle se dirige tranquillement vers la première porte à droite. — Pendant ce temps, la femme de chambre apporte à sa maîtresse tout ce qu'elle lui a demandé. — Mathilde se rhabille dans la plus vive agitation. — On entend la voix de Blaireau crier en dehors :* CORDON, S'IL VOUS PLAÎT? — *La toile tombe.*)

* La Femme de chambre, Mathilde.

** Mathilde, Mme Blaireau.

ACTE III.

Le théâtre représente un cabinet élégant à pans coupés et brillamment éclairé. — Cheminée au fond. — Porte d'entrée dans le pan coupé de gauche. — Fenêtre dans le pan coupé de droite. — Au milieu, une table splendidement servie. — A gauche, sur le devant, une table de jeu. — A droite, un fauteuil-Voltaire.

SCENE I.

DUTILLET, HECTOR, GEORGES, MALAGA, SIMONNE, CONVIVES DES DEUX SEXES. (*Au lever du rideau, Georges, Hector, Malaga et une autre jeune femme sont assis à la table, qui presente l'aspect d'un souper tirant à sa fin. — Malaga est assise dans le fauteuil-Voltaire et tient un verre à champagne, que remplit Dutillet qui est debout à côté d'elle. Deux jeunes gens jouent à la table de jeu, une autre jeune femme les regarde jouer. Malaga assise à côté de Georges est penchée sur lui. — Hector à l'autre bout de la table a l'air tout défait.*)

CHOEUR. *

AIR : *Premier chœur du Maître d'armes.*

Noyer les soucis dans le verre,
Qui donne aux chansons leur essor,
C'est la morale peu sévère
Du refrain de la Maison d'or.

Dutillet vient se remettre à table, au milieu.

DUTILLET, *debout élevant son verre.* **

A la santé de nos créanciers !

TOUS, *élevant leurs verres.*

A la santé de nos créanciers !

UN JOUEUR.

Taisez-vous donc, sapristi !

DUTILLET.

Il est charmant, lui !... (*Gesticulant avec une bouteille.*) A Paris, messieurs !... mais au Paris qui s'amuse !... aux femmes jeunes et joyeuses !... aux hommes jeunes et joyeux !... Qu'est-ce que la vie, messieurs ?... Qu'est-ce que la vie, mesdames ?.... C'est un verre de champagne; sifflons-le... C'est une femme qui

* Les joueurs, une dame, Malaga, Georges, une dame, Hector, Dutillet, Simonne.

** Les joueurs, une dame, Georges, Malaga, Dutillet, une dame, Hector, Simonne.

trompe; trompons-la... C'est le mémoire de notre tailleur, ne le payons jamais!...

MALAGA, *se levant et venant pousser Hector qu'elle fait lever.*

Buvez donc, Totor!

HECTOR, *un peu pâle.**

Oui... oui...

DUTILLET, *élevant son verre.*

A Hector de Blangy, jeune polka de la plus belle espérance, et notre amphitryon!...

HECTOR, *à part.*

Je suis fâché d'avoir mangé du melon, moi!...

DUTILLET.

A Hector, mesdames!... à l'intrépide soupeur!...

MALAGA, *élevant son verre.*

A Totor!

TOUS, *de même.*

A Totor!...

HECTOR, *à part.*

Je crois qu'il était trop mûr.

DUTILLET, *appelant.*

Garçon!.. Garçon! (*Le garçon paraît.*) Tu es sourd donc!... des cigares!... (*Il se rassied.*)

SIMONNE.

Et des cigarettes. (*Elle s'assied à la place d'Hector, qui se met sur le fauteuil-Voltaire. Le garçon sort et entre presque aussitôt, en apportant des cigares et des cigarettes sur une assiette... Les hommes prennent des cigares les femmes des cigarettes.*)

GEORGES, *à Malaga, qui est penchée sur lui.*

Et vous dites que vous m'aimez?...

MALAGA.

Aussi vrai que vous ne m'aimez pas!

GEORGES.

Moi!...

MALAGA.

Prenez garde... je suis jalouse!.. si j'avais un rivale, je lui arracherais les yeux d'abord!...

GEORGES, *riant à part.*

Pauvre Maltilde, qui les a si jolis!

DUTILLET, *se levant et allumant son cigare.*

A propos, vous ne savez pas que je suis amoureux!

* Joueurs, Malaga, Georges, une dame, Dutillet, une dame, Simonne. Hector.

TOUS.

Ah! bah!

SIMONNE.

Et de quoi?...

DUTILLET.

De quoi?... parbleu, ce n'est pas de mon portier!... (*On rit.*) D'une femme que j'adore.

LES FEMMES.

Qui ça?.. qui ça?

DUTILLET.

Son nom est un mystère.

TOUS.

Oh!

DUTILLET.

Vous comprenez... une femme mariée!...

MALAGA.

Oh! mariée!...

DUTILLET.

Parfaitement mariée, Malaga!.. Un ange qui devrait habiter le ciel... mais qui préfère la rue de la Chaussée-d'Antin... à ce qu'il paraît.

GEORGES, *riant.*

Tiens! ma rue!... Le nom?

TOUS.

Le nom? le nom?...

DUTILLET.

Demandez-moi ma tête!...

GEORGES, *riant.*

Ce pauvre mari!...

DUTILLET.

Il néglige sa femme, le malheureux!

GEORGES.

C'est un niais!... A sa santé!

TOUS.

A sa santé!...

SIMONNE, *offrant un cigare à Hector.*

Fumez donc, Hector!... (*Hector se lève.*)

DUTILLET.

Est-ce que le cigare vous fait mal?

HECTOR, *prenant vivement le cigare.*

Moi.... non... (*A part.*) Ça m'incommode extrêmement. (*Il l'allume.*)

DUTILLET.

Et maintenant une chanson!

TOUS.

C'est ça! c'est ça?

HECTOR, *à part.*

Ah! que je suis donc fâché d'avoir mangé du melon! (*Il se rassied dans le fauteuil.*)

GEORGES.

La chanson du Turlututu!... Chacun son couplet!...

TOUS.

Et chorus au refrain!

UN JOUEUR.

Ah! pas moyen de jouer! (*Les deux joueurs se lèvent et quittent un moment leur jeu.*)

DUTILLET.

AIR *nouveau de M. J. Nargeot.*

Adieu, drinn drinn, la chanson folle!
Drinn drinn fait son paquet et part!...
Amis, puisque drinn drinn s'envole,
Avec moi remplacez-le par
    Turlututu! (*bis.*)
Ce refrain est moins rebattu.
    Turlututu!
    Turlututu! (*bis.*)
Turlututu! turlututu!

Il se rassied.

CHOEUR.

    Turlututu! etc.

SIMONNE, *se levant.*

Désormais, plus d'amours nouvelles!
Sans croquer les fruits défendus,
Les femmes vont être fidèles,
Et les maris ne seront plus...
    Turlututu!
Le mot de Molière est connu!
    Turlututu! etc.

Elle se rassied.

CHOEUR.

    Turlututu! etc.

GEORGES, *se levant.*

Plus d'ennuis ! plus de politique !
Que le monde, pour rajeunir,
Grave ce mot philosophique,
Sur le vieux drapeau du plaisir !
Turlututu !
Que ce refrain soit répandu.
Turlututu ! etc.

CHOEUR.

Turlututu ! etc.

Les reprises de ces couplets se font avec accompagnement de couteaux sur les verres.

TOUS, *se levant.*

Bravo ! bravo !

LE GARÇON, *entrant avec un autre.*

Pardon, mesdames... mais le patron vous prie de chanter moins fort. (*Les deux garçons enlèvent la table et la portent au fond, devant la cheminée.—Les joueurs se remettent à leur jeu.*)

MALAGA.*

Que l'on nous serve le patron !... Apportez-nous M. Verdier !

TOUS.

Oui ! monsieur Verdier !

LE GARÇON.

Monsieur Verdier est couché.

MALAGA.

Qu'on me l'habille !

TOUS, *criant sur l'air des Lampions.*

M'sieur Verdier ! m'sieur Verdier ! m'sieur Verdier !

LE GARÇON.

Mesdames, je vous en supplie... Justement, je viens de voir une patrouille sur le boulevard. (*Il sort.*)

TOUS, *allant vers la fenêtre, excepté Hector qui passe à gauche et Dutillet qui va s'asseoir dans le fauteuil.*

Une patrouille !...

MALAGA, *regardant par la fenêtre.***

Mesdames, voyez donc ce fiacre... Il est habité... Les stores sont baissés.

DUTILLET.

Comment ! il est encore là !... Voilà plus d'une heure qu'il ne bouge pas.

* Malaga, Georges., le garçon, Dutillet, Simonne, Hector.

** Hector, Georges, Malaga, Simonne, Dutillet.

MALAGA.

C'est peut-être une femme honnête qui attend l'un de vous à la sortie.

SIMONNE.

Pour lui sauter aux yeux... Ça sera drôle. (*Elle passe à gauche.*)

MALAGA.*

Peut-être vous, Georges.

GEORGES.

Moi!... Oh! quelle idée!... Dutillet, c'est plutôt votre femme mariée!

MALAGA.

A moins que ça ne soit le père à Totor!

HECTOR.

Hein?...

MALAGA.

Totor... C'est votre père.

HECTOR.

Avec sa canne, peut-être?

SIMONNE.

Oui, c'est le père à Totor... (*Allant à la fenêtre.*) Ohé! monsieur Totor, ohé!

MALAGA.**

Silence!... Voici la patrouille qui passe!

DUTILLET, *se levant.*

La patrouille! (*Il va à la fenêtre.*)

MALAGA.***

Invitons-la!

DUTILLET, *criant par la fenêtre.*

Ohé! caporal!... hors la garde! venez reconnaître... trouille!

LE GARÇON, *rentrant.*****

Monsieur!... vous allez faire fermer la maison! (*Les deux dames le retiennent.*)

BLAIREAU, *en dehors.*

Qui est-ce qui appelle la garde nationale, là-haut?

DUTILLET, *à la fenêtre.*

Tiens! monsieur Trinquart, le notaire!... Montez donc, monsieur Trinquart!...

* Hector, Simonne, Georges, Malaga, Dutillet.

** Hector, Georges, Malaga, Dutillet.

*** Hector, Georges, Malaga, Dutillet, Simonne.

**** Le garçon, Hector, Georges, Malaga, Dutillet, Simonne.

TRINQUART, *en dehors.*

Je ne peux pas... Nous sommes en patrouille !

DUTILLET.

Venez un instant!...

LE GARÇON, *allant à Dutillet.*

Mais, monsieur...

DUTILLET*, *saisissant le garçon.*

Veux-tu me laisser tranquille !... (*Criant à la fenêtre.*) Montez... ou je jette le garçon par la fenêtre !

LE GARÇON, *se débattant.*

Au secours! au secours!... à moi!...

BLAIREAU, *en dehors.*

Nous voilà!.. Je monte!... Portez... armes!

DUTILLET, *lâchant le garçon, qui se sauve.*

Je savais bien que je trouverais le moyen de les faire monter!..

TOUS, *air des Lampions.*

La patrouille! la patrouille! la patrouille!...

BLAIREAU, *dans l'escalier.*

Portez armes!... Alignement!... Emboîtez!...

TOUS, *riant.*

Les voici!

DUTILLET.

Le salut militaire!... (*Hommes et femmes se rangent sur une ligne en biais, à partir de la porte d'entrée jusque sur le devant du théâtre à droite, et font le salut militaire. Les joueurs seuls ne bougent pas***.)

SCENE II.

LES MÊMES, BLAIREAU, TRINQUART, DURONÇAY, DEUX AUTRES GARDES NATIONAUX. (*Ils entrent au pas sur le chœur suivant, et descendent à l'avant-scène, Blaireau en tête. — Ils défilent devant les convives.*)

CHOEUR.

AIR *de l'Ours et le Pacha.*

Honneur et gloire à la patrouille!
Que le temps soit vilain ou beau,
Ils méprisent l'eau qui les mouille,
Narguant les rhumes de cerveau!

BLAIREAU.

Marquez le pas!... Fixe!... Déposez... armes!.. Rrrrompez les rangs.

* Hector, Georges, Malaga, Dutillet, le garçon, Simonne.

** Une dame, Hector, une dame, Georges, Malaga, Dutillet, Simonne.

TOUS.

Ah! ah! (*Les convives entourent les gardes nationaux.*)

BLAIREAU.*

Ah çà! on a requis la force armée?

MALAGA.

Pour lui offrir un verre de champagne!

TRINQUART.

Volontiers.

BLAIREAU.

Comme caporal, je défends à mes quatre hommes de s'endormir dans les délices de Capoue...

TOUS.

Oh!...

BLAIREAU.

Comme homme privé, je leur ordonne d'accepter.

TOUS.

Vivat! (*Les gardes nationaux vont au fond et boivent du champagne.*)

BLAIREAU**, *reconnaissant Dutillet, qui s'approche de lui.*

Eh! mais... je ne me trompe pas... Le monsieur qui a offert des fleurs à Virginie, mon épouse!

DUTILLET.

Lui-même... Sans rancune...

BLAIREAU.

Vous avez été léger, jeune homme... Oh! vous avez été léger... J'en appelle à la société.

TOUS, *redescendant.*

Voyons ça! (*Trinquart et Duronçay ont été se placer derrière la table de jeu et regardent jouer.*)

BLAIREAU.***

Je revenais de voir *le Monstre*... à l'Ambigu... (*Changeant de ton.*) Quelle jolie pièce!... Je vais vous la raconter.

TOUS, *s'éloignant.*

Non! non!

MALAGA,**** *s'approchant de Blaireau un verre à la main, et le lui offrant.*

A la santé du caporal!

* Duronçay, Trinquart, Blaireau, Malaga, Dutillet, les autres au deuxième plan.

** Blaireau, Dutillet, les autres au fond.

*** Trinquart, Duronçay, Simonne, Blaireau, deux dames, Dutillet, les autres au deuxième plan.

**** Trinquart, Duronçay, Blaireau, Malaga, les autres au fond.

TOUS.

A la santé du caporal !...

UN JOUEUR, *annonçant la retourne.*

Le roi !

BLAIREAU, *le verre à la main..*

Que vois-je?... Des cartes !... On se livre au jeu... Je vais dresser procès-verbal !...

TOUS, *s'approchant**.

Oh ! caporal !...

TRINQUART, *à l'un des joueurs.*

Jouez donc atout, monsieur !... Dame de trèfle... Le coup est sûr... Je parie cinq francs !...

DURONÇAY.

Je les tiens !...

TRINQUART, *conseillant.*

Atout !... carte basse !...

DURONÇAY, *de même.*

On coupe... Atout... Roi de carreau... et atout... Gagné !... (*Les deux joueurs se lèvent et quittent la table.*) Je vous provoque à l'écarté, monsieur Trinquart !

TRINQUART.

J'accepte !... Attendez-nous, monsieur Blaireau. (*Ils s'asseyent à la table de jeu, gardant leur fusil entre leurs jambes, et jouent.*)

BLAIREAU, *rendant son verre.* **

Que vois-je ?. . mes hommes sont sourds à la voix de leur caporal !...

AIR : *On dit que je suis sans malice.*

Et dans l'autre maison peut-être,
On escalade une fenêtre !
C'est nous qu'on charge de veiller,
De surveiller, de patrouiller !
Ah ! quelle honte sans égale !
Vit-on jamais pareil scandale !
Le filou vole en liberté,
Le garde joue à l'écarté !

On rit.

TRINQUART.

Je demande des cartes !...

* Trinquart, Duronçay, Simonne, Blaireau, Malaga, Dutillet, les autres au fond.

** Trinquart, Duronçay, Blaireau, Simonne, Dutillet, Georges, Malaga, Hector.

BLAIREAU*, *allant derrière la table de jeu, entre Trinquart et Duronçay.*

Monsieur Trinquart, vous compromettez votre uniforme... Voilà mon opinion.

TRINQUART, *jouant.*

Cœur!

BLAIREAU.

Je ferai mon rapport, monsieur Trinquart.

TRINQUART.

Trèfle!...

BLAIREAU, *à Duronçay.*

Coupez du sept... le point est à vous... (*Avec colère à Trinquart.*) Et je vous ferai flanquer aux haricots!

MALAGA, *se rapprochant.*

Voyons, mon petit Blaireau.

TOUTES, *l'entourant et le ramenant au milieu.*

Ah! mon petit Blaireau!...

BLAIREAU**.

On me fait des agaceries!... on m'appelle son petit Blaireau!... quand je dois veiller au salut de la ville!... Oh! sortons... car je rougis pour ma baïonnette!...

TOUS, *air des Lampions.*

Viv' Blaireau! viv' Blaireau! viv' Blaireau!...

BLAIREAU.

Et l'on me chansonne!... Mais je suis dans un repaire!... (*Allant près de la table de jeu.*) Monsieur Trinquart, voulez-vous venir?

TRINQUART***.

Vous êtes bon, vous!... je perds 30 francs!

BLAIREAU.

Voulez-vous venir?... Une fois... deux fois... trois fois?...

TRINQUART.

Allez-vous promener!

BLAIREAU, *sévèrement.*

Monsieur Trinquart, vous vous oubliez... J'aurai l'honneur de vous faire remarquer que vous vous oubliez... Monsieur Duronçay, vous êtes plus raisonnable... voulez-vous venir?

* Trinquart, Blaireau, Duronçay, Simonne, Georges, Dutillet, Malaga, Hector.

** Trinquart, Duronçay, Simonne, Blaireau, Malaga, Hector, Dutillet, Georges au deuxième plan, près de la fenêtre.

*** Trinquart, Duronçay, Blaireau, Simonne, Malaga, Hector, Dutillet Georges, près de la fenêtre.

DURONÇAY.

Je ne peux pas, mon ami... je gagne !

BLAIREAU.

Que le diable vous emporte ! (*Aux deux autres gardes nationaux.*) Mes amis, en route ! Portez... armes ! formez les rangs... Emboîtons !... (*Il sort avec ses deux gardes nationaux sur la reprise du chœur. — On répète le jeu de l'entrée.*)

REPRISE DU CHOEUR D'ENTRÉE.

Honneur et gloire à la patrouille, etc.

Tous, excepté Georges et Malaga, les accompagnent jusqu'à la porte, en riant. Hector est resté assis dans le fauteuil.

SCENE III.

LES MÊMES, *moins Blaireau et les deux gardes nationaux.*

MALAGA *, *à Georges, qui est assis près de la fenêtre.*

Eh bien ! Georges, que faites-vous là? Décidément, ce fiacre vous intrigue.

GEORGES.

Moi?... En quoi voulez-vous qu'il m'intéresse?

DUTILLET **, *revenant en scène, à part.*

Et cette bouquetière qui n'arrive pas... se douterait-elle?...

SIMONNE ***, *revenant en scène.*

Une idée !... relivrons-nous au champagne !

GEORGES, *se levant.*

C'est cela !... et buvons !... étourdissons-nous !...

TOUS.

Oui, c'est ça ! (*Ils remontent près de la table et boivent.*)

TRINQUART ****, *à Duronçay.*

Ça fait quarante francs que je perds, monsieur Duronçay.

DURONÇAY.

Est-ce que vous allez rentrer au corps de garde?

TRINQUART.

Et vous?

DURONÇAY, *bâillant.*

Ma foi, j'ai bien envie d'aller me coucher.

* Trinquart, Duronçay, Malaga, Georges, Hector, les autres à la porte.

** Trinquart, Duronçay, Dutillet, Malaga, Georges, les autres à la porte.

*** Trinquart, Duronçay, Simonne, Dutillet, Malaga, Georges, Hector, les autres au fond.

**** Trinquart, Duronçay, Simonne, Georges, Malaga, Hector, Dutillet.

TRINQUART.

Moi aussi !

DURONÇAY.

Allons-y !.. ça va-t-il ?..

TRINQUART.

Ça va !...

TOUS DEUX, *se levant et saluant.*

Messieurs... mesdames...

GEORGES, *près de la table.*

Bonne nuit, messieurs... excusez, si nous ne vous reconduisons pas.

LE GARÇON, *rentrant.* *

Voici une jeune fille qui demande Monsieur...

TOUS.

Une jeune fille...

DUTILLET, *à part.*

C'est elle !.. enfin ! (*Causette paraît. — Trinquart, Duronçay et le garçon sortent après son entrée.*)

SCENE IV.

CAUSETTE, MALAGA, SIMONNE, GEORGES, DUTILLET, HECTOR, JEUNES GENS, JEUNES FEMMES.

MALAGA, *à Causette qui est arrêtée sur le seuil.*

Causette !.. mais entre donc...

CAUSETTE, *entrant timidement, un bouquet de camélias et de violettes de Parme à la main.***

Pardon... c'est que je n'ose pas...

HECTOR.

Mes fleurs... mais arrive donc !..(*Elle s'approche.*) Tiens, voilà ton louis !.. (*Il lui donne une pièce d'or et prend le bouquet.*)

CAUSETTE.

Merci, monsieur !

HECTOR, *à Malaga qui descend au milieu, lui offrant le bouquet.* ***

Charmante Malaga, voulez-vous me permettre de vous offrir ces camélias moins blancs et moins frais que vous ?..

* Duronçay, Trinquart, le garçon, Simonne, Georges, Malaga, Hector, Dutillet.

** Simonne, Causette, Hector, Dutillet, Malaga et Georges au deuxième plan.

*** Simonne, Causette, Malaga, Hector, Dutillet, Georges.

(*Malaga prend le bouquet, tourne le dos à Hector et va près de Causette, qui est entourée des autres dames.*)

DUTILLET, *frappant sur l'épaule d'Hector.*

A le bonne heure !.. il se forme ce petit !..

HECTOR, *passant à droite.*

Vous trouvez ?.. (*A part.*) Je prendrais bien une tasse de thé.

DUTILLET, *à part.* *

Maintenant retenons-la.

CAUSETTE.

Je vous remercie, mesdames... (*Elle salue comme pour se retirer!*)

DUTILLET, *qui est allé prendre une bouteille et un verre sur la table.*

Un verre de moët pour la Rose du Boulevard.

TOUS.

C'est ça !.. (*Hector remonte, passe à gauche, et va s'asseoir près de la table de jeu.*)

SIMONNE.

Du champagne !..

CAUSETTE, *passant près de Dutillet.***

Non, merci, merci... On m'a défendu de boire du champagne.

MALAGA.

Qui donc?...

CAUSETTE.

Mon tuteur.

DUTILLET.

Qui ça... ton tuteur ?

CAUSETTE.

César.

TOUS.

César !...

DUTILLET.

Eh bien ! malgré la défense de M. César, (*riant*) de ton tuteur...

GEORGES, *l'arrêtant.*

Dutillet, y songez-vous?... faire boire cet enfant...

DUTILLET.

Bah ! c'est drôle !... (*A Causette.*) Tu en boiras... ou tu ne sortiras pas !

* Simonne, Causette, Malaga, Dutillet, Georges, Hector.

** Hector, Simonne, Georges.

CAUSETTE.

Oh! messieurs... il se fait tard... Et qu'est-ce que dirait César, s'il ne me voyait pas rentrer !...

DUTILLET.

Nous te reconduirons... (*Lui tendant le verre.*) Bois... ou nous te retenons prisonnière... nous te gardons à perpétuité !...

CAUSETTE.

Oh! je vais boire!... (*Elle prend le verre et boit un peu.*) Oh! c'est-y sucré !... c'est joliment bon !... César qui ne me donne que de l'eau rougie !...

DUTILLET.

M. César est un imbécile !

CAUSETTE, *rendant le verre à Dutillet.*

Oh ! n'en dites pas de mal !... c'est comme qui dirait mon frère.

AIR : *Enfants, n'y touchez pas.*

A quatorze ans, j'étais seule sur terre :
Le bon Dieu m'avait pris mon seul amour, ma mère!
Et je pleurais !.. quand il me dit . « Espère,
» Le ciel nous doit un avenir meilleur !.. »
Nous sommes l'un à l'autre unis par le malheur :
Nous étions sans soutien, César devint mon frère,
Et je devins sa sœur !
César, je suis ta sœur !

MALAGA, *émue.*

Pauvre petite !... Elle m'intéresse, cette chère enfant !

CAUSETTE.

Quand je pense à ça, j'ai un poids sur le cœur.

HECTOR, *à part.*

Est-ce qu'elle aurait mangé du melon ?

DUTILLET.

Allons, bois ! ça t'égayera. (*Il lui présente de nouveau le verre qu'il a rempli.*)

CAUSETTE, *naïvement.*

Vrai ?...

DUTILLET.

Parbleu !

CAUSETTE.

Il n'y a pas de mal ?

DUTILLET.

Au contraire.

SIMONNE.

Tu le vois bien, puisque nous en buvons!

CAUSETTE, *prenant le verre.*

Alors, je veux bien. (*Elle boit.*) Oh! ça picote. (*Georges remonte et passe à gauche.*)

DUTILLET.

C'est bon... Hein?.. (*A part.*) Bravo! ça va tout seul.

CAUSETTE.

Oui, c'est vrai que ça vous égaye!... je me sens déjà toute drôle!

DUTILLET, *voulant remplir le verre.*

Alors, encore!..

CAUSETTE.

Assez!.. assez!..

DUTILLET, *versant.*

Allons donc!.. pour une fois!.. (*Causette boit et rend le verre à Dutillet, qui va le reporter sur la table, ainsi que la bouteille. Musique piano à l'orchestre.*)

MALAGA*.

C'est qu'elle est très-gentille, cette petite... Si, au lieu de ce simple bonnet, elle était entortillée de dentelles, comme ça... (*Elle lui ôte son bonnet et lui met à la place une mantille de dentelles.*)

SIMONNE, *prenant le bras de Causette***.

C'est qu'elle a le bras très-blanc!.. regarde donc, Malaga... il faudrait un bracelet à cette jolie main-là... Tiens, petite... (*Elle lui attache son bracelet.*)

GEORGES.

Voyons, mesdames... pourquoi faire briller tant de séductions aux yeux de cette pauvre fille?

SIMONNE, *l'éloignant de la main.*

Laissez-nous donc!.. ça ne vous regarde pas!

CAUSETTE.

Oh! le joli bracelet!.. c'est-y de l'or pour de bon?..

SIMONNE.

De chez Jeannisset... et des diamants... deux mille francs, ma chère!..

CAUSETTE.

Deux mille francs!.. deux mille francs!.. c'est une fortune!.. Vous êtes joliment riches, vous! (*Elle admire le bracelet.*)

* Hector, Georges, Simonne, Malaga, Causette, Dutillet.

** Hector, Georges, Simonne, Causette, Malaga, Dutillet.

MALAGA.

Pauvre enfant!.. avec des yeux comme ça... et une figure d'ange... Vendre des fleurs sur le pavé de Paris! (*Elle va s'asseoir dans le fauteuil à droite.*)

SIMONNE, *à Causette**.

Si les hommes étaient justes, tu devrais vivre dans la soie jusqu'au cou!.. mais, non... il leur faut du chic pour les pincer!.. Jobardinos, va! (*Elle dit ce dernier mot en regardant Hector, et elle remonte.*)

HECTOR, *à part.*

Jobardinos!...

CAUSETTE, *comme enivrée***.

Deux mille francs!.. de l'or et des diamants!.. Oh! être riche!.. que c'est bon!.. au lieu de vendre des fleurs... avoir des beaux jeunes gens qui en achètent pour vous... avoir un bel appartement, au lieu de demeurer... (*Avec extase.*) Oh! deux mille francs! deux mille francs!

DUTILLET, *à part, riant.*

Peste! la petite a des dispositions!..

MALAGA, *assise.*

Viens me voir, petite... je te produirai dans le monde... à Mabille...

CAUSETTE, *avec enthousiasme.*

Oh! tant pis... je veux être riche!.. je veux avoir des bracelets de deux mille francs!.. je veux...

CÉSAR, *en dehors.*

Sapristi! garçon, laissez-moi donc entrer!.. puisque j'ai une réponse à porter!..

CAUSETTE, *atterrée.*

César! (*Malaga se lève et Simonne redescend.*)

DUTILLET, *riant, à part****.

Le tuteur!.. ça se complique!

CAUSETTE.

César!.. et j'ai des diamants!.. de la dentelle!.. Oh! qu'il ne me voie pas ainsi!.. ne dites rien... cachez-moi! par grâce, cachez-moi!..

GEORGES.

Oui, cachez-la!

* Hector, Georges, Simonne, Causette, Dutillet, Malaga.

** Hector, Georges, Causette, Dutillet, Malaga, Simonne, au deuxième plan.

*** Hector, Georges, Simonne, Dutillet, Causette, Malaga.

MALAGA.

Tiens, sur ce fauteuil! (*Causette s'y blottit rapidement.*)* Là!.. ce cachemire par-dessus!.. (*Elle étend sur Causette un cachemire qui était sur le dossier du fauteuil.*) Là!... le tour est fait... monsieur César n'y verra que du feu!...

SCENE V.

LES MÊMES, CÉSAR.

CÉSAR, *entrant***.

Pardon, excuse, messieurs, mesdames et la société... Tiens! bonjour, monsieur Dutillet.

DUTILLET.

Tu me connais!...

CÉSAR.

Est-ce que je ne connais pas tout le monde sur la ligne du boulevard?... (*Voyant Georges.*) Tiens, monsieur Georges!...

SIMONNE.

Tu le connais aussi?...

CÉSAR.

Je connais tout, que je vous dis.... noms, prénoms et professions...

GEORGES, *bas à César.*

Tais-toi!..

CÉSAR, *bas.*

Ah!.. suffit!.. (*Haut.*) Quand je dis que je connais... (*Apercevant Hector, qui est assis et qui a la tête appuyée contre la table de jeu.*) Monsieur Hector!.. monsieur Hector!.. (*Hector relève la tête.*) Je viens donc vous apporter la réponse de votre papa!..

HECTOR.

Mais il n'y avait pas de réponse.

CÉSAR.

Si fait... il m'a payé pour la faire... et je tiens à gagner mon argent.

HECTOR, *contrarié.*

Eh bien?..

CÉSAR.

Faut-y dire?..

DUTILLET.

Parle!

* Hector, Georges, Dutillet, Simonne, Malaga, Causette.

** Hector, Georges, César, Dutillet, Simonne, Malaga, Causette.

CÉSAR.

C'est que c'est pas très-rigolo!.. enfin, c'est égal... votre papa a dit comme ça : les cours de droit, c'est des farces et je ne donne pas là-dedans (qu'il a dit). Mon fils est un gueusard (qu'il a dit). Mon fils est un pas grand'chose (qu'il a dit). Il découche... (*Hector se lève.*) Et demain je le mettrai au pain sec... (qu'il a dit.)

TOUS, *riant.*

Ah! ah! ah!

HECTOR, *à part.*

Devant Malaga!.. oh! je suis vexé!..

MALAGA.

Totor, on vous mettra en retenue!

CÉSAR.

Alors, j'y ai parlé de monsieur,.. monsieur... Enfin... le professeur... il m'a répondu qu'à l'École de Droit on ne travaillait pas la nuit... Sur ce, il a mis la main sur sa canne... ça m'a donné le taf... mais il m'a dit : C'est pas pour toi, mon garçon... c'est pour un autre... V'là ma commission faite... (*Il salue.*) Messieurs, mesdames et la société... (*Il fait un mouvement pour sortir et aperçoit Causette étendue dans le fauteuil.*) Pristi! en v'là une qu'en a assez de l'agrément!.. Ah! bah! on est jeune!.. faut s'amuser!.. je m'amuse aussi, moi... quand je trouve une occasion honnête, s'entend... mais je m'amuse pas toujours... vu que je suis devenu sérieux, depuis que j'ai une mission à remplir.

TOUS.

Une mission!..

CÉSAR.

Demandez à monsieur Georges... il connaît cette histoire-là... il vous la racontera... Sur ce... (*Il va pour sortir.*)

GEORGES.

Non, ne t'en va pas encore. (*César revient.*)

DUTILLET, *passant près de Georges*.*

Vous le retenez?... et Causette qui est là!

GEORGES, *à part.*

Raison de plus! (*Dutillet passe à gauche et va près d'Hector, qui s'est rassis de l'autre côté de la table de jeu.—Simonne passe à droite, et se tient d'un côté du fauteuil où est Causette, tandis que Malaga reste de l'autre. — Haut.*) Cette histoire dont tu parles, raconte-la toi-même.

* Hector, Georges, Dutillet, César, Simonne, Malaga, Causette.

CÉSAR*.

Bah! vous voulez?

GEORGES.

Je suis sûr qu'elle intéressera ces dames.

CÉSAR.

Oh! je veux bien. (*A Malaga.*) Voilà ce que c'est, ma belle dame. J'ai été recueilli par des braves gens qui avaient une fille... Causette!

TOUS.

Causette!

CÉSAR.

Causette!... la petite bouquetière... Un jour, ses parents sont venus à décéder... et moi qu'avais mangé leur pain, je m'ai dit comme ça : n, i, ni, fini de rire, César! Toi qu'étais bambocheur... toi qu'on avait surnommé Rigolo Ier, roi des bons enfants, faut plus aller aux Acacias, vu que ça coûte dix sous d'entrée... C'est en consommation, j'sais bien... mais n'importe... Il y a dans le monde une orpheline qu'il s'agit de défendre et de protéger... et il faut faire des économies... faut arrondir la tirelire d'amour, et je m'ai tenu parole... Je suis à cette heure rangé et dur à la peine... A vot' service, not' bourgeois.

GEORGES.

Brave garçon! (*Simonne est revenue se placer entre Malaga et le fauteuil, et Dutillet a gagné la droite et se trouve de l'autre côté du fauteuil.*)

MALAGA.**

Sais-tu que ta conduite est très-belle, petit!

CÉSAR.

C'est tout naturel, pardine!... Je demanderai pas le prix Montyon pour ça!... Tenez, vous êtes tous ici des bons enfants... des rigoleurs de la haute... Vous riez... vous faites la noce... mais qu'il s'agisse de votre famille... de vos sœurs, par exemple... oh! je m'y connais, allez, vous quitteriez bien vite votre champagne pour les défendre! On s'étourdit quelquefois... mais le cœur est toujours là... fidèle au poste!... Cette petite conscience vous parle et on l'écoute toujours!... Eh bien! Causette, c'est ma sœur, à moi!... (*Mouvement de Causette. — César s'en aperçoit.*) Tiens! on dirait qu'elle se réveille, celle-là!... (*Malaga et Simonne descendent un peu, pour mieux cacher Causette.*) Je l'ai aimée qu'elle avait deux ans et moi quatre ans... En grandissant, je m'ai habitué à la respecter... Quand nous nous quit-

* Hector, Dutillet, Georges, César, Malaga, Causette, Simonne.

** Hector, Georges, César, Malaga, Simonne, Causette, Dutillet.

tons au matin pour travailler chacun de notre côté, elle à vendre ses fleurs, moi à faire des commissions... Eh ben ! elle me sourit... et ce sourire-là me donne de la gaîté et du courage pour toute la journée !

AIR : *Le mot le plus doux, c'est aimer.*

Petit' compagn' de mon enfance,
Du pauvre les seules amours,
Toi, mon bien, toi, mon espérance,
J' sens là que je t'aimerai toujours !
Reste, reste dans ta mansarde !
Marchons en nous donnant la main...
Et le bonheur que Dieu nous garde,
A notr' port' frappera demain ! } *(bis).*

MALAGA, *qui pleure.*

Ah ! que je suis bête !... voilà que je pleure, à présent... (*Elle remonte.*)

CÉSAR.

Tiens ! et moi aussi, madame.

DUTILLET, *venant près de César.**

Ah çà, mon brave, si tu aimes cette petite, tu ne peux pas t'opposer...

CÉSAR.

A ce qu'elle cesse d'être une brave et honnête fille !... non, c'est mon sac... Je m'y oppose... Si je savais la moindre chose... nom d'un petit bonhomme !... elle passerait un vilain quart d'heure ! (*Mouvement de Causette. — Riant.*) Mais je suis bien tranquille... Elle dort, à l'heure qu'il est... et j'vas en faire autant !.. (*Allant à Hector, qui a un cigare à la bouche***.) M. Hector, la commission est faite et payée... (*Désignant son cigare.*) S'il vous incommode, mon bourgeois... (*Hector le lui donne.*) Enlevé! (*Revenant au milieu****) Messieurs, mesdames et la société, au plaisir de vous revoir ! (*Chantant.*)

Et v'là comment Paris s'endort ! (*bis.*)

Il sort joyeusement. Musique à l'orchestre jusqu'au baisser du rideau.

SCENE VI.

LES MÊMES, *moins César.*

DUTILLET.****

Enfin, il est parti !...

* Hector, Georges, César, Dutillet, Simonne, Causette, Malaga, au deuxième plan.

** Hector, César, Georges, Dutillet, Malaga, Simonne, Causette.

*** Hector, Georges, César, Dutillet, Simonne, Causette.

**** Hector, Georges, Dutillet, Simonne, Causette, Malaga, au deuxième plan.

CAUSETTE, *se découvrant et se levant.*

Parti !... et je suis là !... (*Revenant au milieu.—Malaga descend près de Georges*.*) Oh ! reprenez bien vite tout ça !... (*Détachant le bracelet.*) Oh ! le voilà votre bracelet de deux mille francs !... (*Elle le jette.*) Le bonheur à ce prix-là !... Oh ! je n'en veux pas !... c'est trop cher !...

SIMONNE.

Essuie tes beaux yeux !... monsieur César ne te mangera pas !...

CAUSETTE.

Oh ! je veux m'en aller ! je veux m'en aller !

DUTILLET, *la retenant.*

Y songes-tu ?... à cette heure !... seule dans les rues !... Nous te reconduirons !...

GEORGES.

Pourquoi retenir cette enfant ?... Et puisqu'elle veut partir ?...

MALAGA, *l'arrêtant.*

Eh bien ! Georges, que vous importe cette jeune fille ?...

CAUSETTE.

C'est singulier... ma tête s'alourdit... mes yeux se ferment... (*Elle chancelle.*)

SIMONNE, *la soutenant.*

Mais elle se trouve mal !... (*Aidée de Dutillet, elle la fait asseoir dans le fauteuil et lui prodigue des soins.*)

MALAGA.

Totor, de l'air !

HECTOR.

Oh ! oui, j'en ai bien besoin. (*Il va ouvrir la fenêtre.*)

DUTILLET.**

Du tout !... c'est l'effet du champagne...

CAUSETTE, *à moitié évanouie.*

O ma mère !... ma mère ! pardonne-moi !...

DUTILLET, *allant à la table.*

Un second verre la ranimera ! (*Il remplit un verre et l'apporte.*)

GEORGES, *s'emparant du verre et le reportant sur la table.*

Y pensez-vous, Dutillet !...

BLAIREAU, *en dehors.*

Portez armes !... (*Mouvement général. — Georges reste près de la table.—Dutillet se met devant Causette, pour la masquer.*)

* Hector, Malaga, Georges, Dutillet, Causette, Simonne.

** Malaga, Georges, Dutillet, Causette, Simonne, Hector, à la fenêtre.

SCENE VII.

LES MÊMES, BLAIREAU.

BLAIREAU, *ouvrant la porte et restant sur le seuil.**

Mille pardons... Auriez-vous l'obligeance de me rendre mes deux hommes?

GEORGES.

Ils sont allés se coucher.

BLAIREAU.

Que le diable les patafiole!... Enfin! (*A la cantonade.*) Emboîtons le pas, nous autres!... Portez... armes! (*Il disparaît. — La porte se referme.*)

DUTILLET, *à part, regardant Causette.*

Oh! ma foi, tant pis pour monsieur César!... (*Le rideau tombe.*)

ACTE IV.

Une salle de pauvre apparence. — Porte au fond conduisant au dehors. — A droite, au premier plan, la porte du cabinet de Causette. — A gauche, au dernier plan, la porte de la chambre. — Deux bancs de bois au fond, de chaque côté de la porte; un escabeau et une vieille chaise en paille à droite, la chaise sur le devant, l'escabeau contre le banc. — A droite est accrochée au mur une vieille couverture. — Au lever du rideau, deux des habitués du père Malassis sont assis à cheval sur le banc du fond, à gauche, et jouent aux cartes. — Deux autres debout les regardent jouer. — Canigou, assis sur la chaise à droite, compte de l'argent dans une bourse en cuir.

SCENE I.

MALASSIS, CANIGOU, HABITUÉS.

MALASSIS, *entrant par le fond, une corde neuve à la main.***

Aujourd'hui, jour de la Saint-Crépin, je dois à mes locataires une corde neuve... Allons la poser. (*Aux deux joueurs.*) Ah! vous voilà rentrés, vous autres.., (*Montrant la corde.*) Tenez, regardez-moi c't oreiller.

LES JOUEURS.

Laissez-nous jouer, père Malassis; laissez-nous jouer. (*Malassis sort par la gauche.*)

* Malaga, Blaireau, Georges, Dutillet, Causette, Simonne, Hector, à la fenêtre.

** Joueurs, Malassis, Canigou.

CANIGOU, *comptant son argent.*

Quatre francs et dix sous... et les cinq francs du moderne, ça fait neuf francs et dix sous!... Hé! hé! dans quelques années, je pourrai m'en retourner dans mes montagnes avec les picaillons des Parisiens. (*Tirant une lettre de sa poche.*) Quant à la lettre, mettons-la avec les autres... (*Il la met dans son portefeuille.*) Et de quatre!

MALASSIS, *rentrant et rapportant une vieille corde.*

Là! le lit est fait... et mes locataires pourront arriver quand ils voudront... Je les dorlotte comme des princes... Il est vrai qu'ils payent bien... Après ça, c'est pas étonnant... Parce qu'on couche à la corde, faut pas croire qu'on soit malheureux... Ça ne cherche pas luxe... voilà!... ça aime mieux faire des économies!... Avec tout ça, Causette n'est pas encore rentrée... Eh bien! Canigou, as-tu fini tes comptes?... (*Deux habitués entrent par le fond et s'arrêtent pour regarder jouer les autres.*)

CANIGOU, *se levant.*

Ils sont en règle... (*Lui donnant de l'argent.*) Tenez, v'là vos quinze sous du mois qui vient... Je paye d'avance, moi.

MALASSIS.

Comment! quinze sous! ah! c'est juste; j'oublie toujours que t'es abonné. (*Regardant autour de lui.*) Eh ben! et César, il n'est donc pas rentré avec toi?

CANIGOU.

Oh! ne vous inquiétez pas; il est allé faire une commission dans le grand faubourg; il rentrera plus tard.

MALASSIS.

Quand il voudra; la porte de l'établissement est ouverte toute la nuit.

SCÈNE II.

LES MÊMES, THOMAS, AUTRES HABITUÉS.

MALASSIS, *à Thomas et à d'autres Habitués qui entrent par le fond.**

Allons donc! les enfants! il est bientôt deux heures!

THOMAS, *lui remettant un sac d'argent.*

Tenez, père Malassis, gardez-moi ça cette nuit.

MALASSIS, *pesant le sac.*

Qu'est-ce que c'est? diable! c'est lourd!

THOMAS.

Je le crois bien!... Trois cents francs que j'ai retirés ce matin de la caisse d'épargne, et que j'envoie demain au pays.

* Malassis, Thomas, Canigou.

MALASSIS.

Pour acheter encore un lopin de terre?

THOMAS.

Voilà !...

MALASSIS.

Je le disais bien ; ça a des propriétés au soleil, et ça couche à la corde.

CANIGOU.

Vous vous en plaignez, fichtra !

MALASSIS.

Au contraire, mes enfants ; au contraire, couchez à la corde pendant que vous êtes jeunes ; ça fait que, quand vous serez vieux, vous aurez de quoi coucher dans un bon lit.

THOMAS.

Eh ! oui, donc... Tiens !

MALASSIS.

Là-dessus, je monte serrer ton argent... Bonne nuit, les enfants !

TOUS.

Bonne nuit, père Malassis ! (*Malassis sort par le fond. On le reconduit jusqu'à la porte.*)

SCENE III.

LES MÊMES, *moins Malassis* ; puis CÉSAR.

THOMAS.*

D'ailleurs, on n'a encore rien inventé de mieux que la corde... Quand je suis allé au pays, il y aura trois ans aux pommes, ils m'ont fait coucher dans un lit... Que c'était mou !... et qu'on enfonçait là-dedans !... Pas possible de dormir !... (*Montrant la gauche.*) Tandis que là !...

CANIGOU.

Ah ! là, ce n'est pas doux ; moi, ça me donne quelquefois le cauchemar, ça me fait rêver que j'ai la corde au cou. (*On rit.*)

CÉSAR, *qui vient d'entrer par le fond, et qui a entendu les derniers mots.***

Hein?... Qui est-ce qui dit du mal de la corde?

THOMAS.

C'est Canigou !

CÉSAR.

Monsieur trouve peut-être que le matelas n'est pas assez battu, ou que le lit de plume n'a pas été remué?

* Canigou, Thomas.

** Canigou, César, Thomas.

CANIGOU.

C'est pas ça... Je dis...

CÉSAR.

As-tu fini?... Pour ton sou, faudrait-il pas te loger dans un palais?... Passez donc le Louvre à monsieur!... C'est égal... la corde!... voilà un genre de sommeil un peu cocasse!... L'plancher, voilà le matelas!... une corde tendue d'un bout de la chambre à l'autre, et sur quoi on pose sa tête, voilà l'oreiller... Zéro pour le blanchissage... (*Riant et montrant les deux quinquets qui éclairent la table.*) On ne paye que le gaz!

Air de *Satan*, (deuxième acte. — Doche).

Pour tous le prix est le même :
Chacun donn'son sou,
Dans ce dortoir du Bohême
N'y a pas d'acajou,
Pas d'couvertur'qui déborde,
D'rideaux, de mat'las ;
Car personn' n'est à la corde,
Dans de mauvais draps ;
Aux locataires
Pas de loyers,
D'propriétaires,
Ni de portiers!
Vive la corde,
Où sans discorde
On dort sans bruit :
C'est un mystère de la nuit!

TOUS, *piano.*

Vive la corde, etc.

CÉSAR.

DEUXIÈME COUPLET.

Si l'mobilier n'est pas riche,
Si l'on manqu' de velours,
Et si chacun d'nous s'en fiche...
C'est que, tous les jours,
L'plaisir qu'ailleurs on ignore
Chez nous vient s'nicher...
V'là l'tapissier qui décore
Notr' chambre à coucher.

TOUS, *bruyamment.*

Aux locataires, etc.

CÉSAR.

Vive la corde, etc.

TOUS, *piano.*

Vive la corde, etc.

CÉSAR.

TROISIÈME COUPLET.

Chacun d'nous, après sa b'sogne,
Y trouve la gaîté;
Vive la petite Pologne
Pour l'égalité !
L'sommeil ne manque à personne
Sur cet oreiller,
Car le bon Dieu, qui le donne,
Ne l'fait pas payer.

TOUS, *bruyamment.*

Aux locataires, etc.

CÉSAR.

Vive la corde, etc.

TOUS, *piano.*

Vive la corde, etc.

THOMAS,

Maintenant, qu'on se couche ! (*On entend sonner deux heures.*)

CÉSAR.

Taisez vos becs et tapez de l'œil... et surtout ne faites pas de mauvais rêves!

TOUS, REPRISE.

Vive la corde, etc.

(*Ils sortent par la gauche, excepté César et Canigou.*)

SCENE IV.

CANIGOU, CÉSAR.

CÉSAR, *allant écouter à la porte à droite, pendant que Canigou recompte son argent.**

Bonne petite Causette ! elle dort bien tranquillement... Ne la réveillons pas... faisons la recette... (*Il s'assied sur la chaise et tire de l'argent de sa poche.*) Dix balles !... cinq du petit, cinq du papa !... Dis donc, Canigou ?

CANIGOU, *qui était sur le point de sortir, à gauche s'arrêtant.*

Qu'est-ce que tu veux?...

CÉSAR, *faisant sonner son argent.*

Entends-tu le son de la braise?

* Canigou, César.

CANIGOU, *venant près de lui.*

Tu fais le malin... tiens, regarde voir, fiston. (*Il lui montre sa bourse.*)

CÉSAR.

Plus qu' ça de mitraille!... Excuse!...

CANIGOU, *serrant sa bourse.*

Voilà!... Connais-tu M. Dutillet, toi?

CÉSAR.

Pardieu!... c'en est un qu'à des faux cols trop pointus, et un morceau de verre dans l'œil... Connu.

CANIGOU.

Eh ben, donc, c'est ce particulier-là...

CÉSAR.

Qui te subventionne?... Eh ben, je l'aime pas, ton Dutillet... il fume ses cigares jusqu'au bout... Aussi j'l'ai dans le nez.

CANIGOU.

Un fameux lion, tout de même!

CÉSAR.

Lui!... un lion!... Un faux lion, un lion de carton!.. un ancien parfumeur, qui a fait plusieurs trous à la lune!... Parle-moi de M. Georges... Un gentil garçon, celui-là!... Il n'est pas plutôt à la moitié de son panatellas, que, crac! sur le trottoir... Il fait aller le commerce... Continue, ma vieille. (*Il serre son argent dans le coin de son mouchoir.*)

CANIGOU, *prenant l'escabeau et venant s'asseoir près de César.*

V'là la chose : v'là donc que ce Dutillet s'est amouraché d'une dame... oh! mais là, dans le soigné... une dame qui a des cachemires...

CÉSAR.

De l'Inde?

CANIGOU.

De bien plus loin que ça... de Ternaux!

CÉSAR.

Connais pas!

CANIGOU.

Ternaux!... c'est un pays derrière l'Amérique!... Pour lors donc, la dame est mariée... et c'est moi qu'il a chargé de remettre une lettre... mais v'là qu'au reçu de la première, je vois arriver un grand escogriffe de chasseur...

CÉSAR.

Avec des plumes de coq sur la tête... Connu!.. c'est le larbin des gens calés.

CANIGOU.

Je le prenais d'abord pour un général mexicain... (*Se levant.*) « T'attends la réponse qu'y me fait. — Oui, mon général, que » j'y fais. — Tiens, la voilà, » qu'y me fait... et il me fait dégringoler les escaliers, en me criant que, si je revenais, il me jetterait à la porte par la fenêtre!

CÉSAR, *qui s'et levé.*

J'aimerais pas ça. (*Pendant ce qui suit, César décroche la couverture, l'etale à terre, pliée en deux, devant la porte de Caussette et renverse la chaise, de manière à ce que le dossier lui serve d'oreiller.*)

CANIGOU, *se rasseyant.*

Moi non plus! mais v'là que le soir, le Dutillet me demande si j'ai remis son poulet... Naturellement je dis qu'oui!... alors, il me glisse une pièce de cent sous dans la main et un second poulet... mais je ne revais plus chez la dame au chasseur... et, depuis trois jours, M. Dutillet continue son petit manége... et moi, je continue le mien, fichtra.

CÉSAR.

Et les lettres?

CANIGOU.

Les lettres, je les garde, et l'argent aussi, donc!

CÉSAR.

Ah! t'es pas plus filou que ça, toi?

CANIGOU.

C'est pas de la filouterie, c'est une farce!... Je garde les lettres, vu que j'ai mon idée.

CÉSAR, *s'asseyant sur la couverture.*

Voyons-la ton idée.

CANIGOU, *rapprochant son escabeau de César.*

Les lettres serviront à me venger de la grande dame qui m'a fait dégringoler l'escalier, que j'en ai des bleus partout... Quand j'aurai une collection suffisante de poulets... je mettrai le tout sous enveloppe, et les enverrai au mari... monsieur Georges de Mareuil.

CÉSAR, *se levant d'un bond et passant à gauche*.*

Nom d'une pipe!... monsieur Georges de Mareuil!

CANIGOU, *se levant.*

Tu le connais?...

CÉSAR.

Rue de la Chaussée-d'Antin...

* César, Canigou.

CANIGOU.

Oui.

CÉSAR.

Et c'est sa femme que tu veux perdre?... Oh! tu ne feras pas ça.

CANIGOU.

Pourquoi donc?

CÉSAR.

Parce que je ne le veux pas!... Monsieur Georges!... Canigou, t'es t'un bon zig, quand tu n'as pas un litre à six dans les idées!... De quel pays que t'es?... de la Savoie, pas vrai?

CANIGOU.

Non, je suis de l'Auvergne, fichtra!

CÉSAR.

Oh! l'Auvergne et la Savoie... c'est toujours la même chose... Eh ben! donc, écoute... L'hiver dernier, aux Champs-Elysées, y avait un pauvre petit Auvergnat, ton pays, qui grelottait de froid, vu que ses pieds étaient nus, et que la neige n'a pas vingt degrés de chaleur en hiver... y tenait dans ses bras sa marmotte...

CANIGOU, *attentif.*

Sa marmotte!

CÉSAR.

La pauvre bête!... il la réchauffait comme il pouvait... c'tte marmotte, c'était son amie, son gagne-pain... D'une main il tournait sa vielle, et il essayait de rire et de danser... On passait en causant, et on ne s'arrêtait pas devant le petit... Alors il se met à pleurer de grosses larmes... lorsque, parmi les voitures qui marchaient au pas, je vois un coupé qui s'arrête... j'ouvre la portière... La dame qui était dedans fait un signe, le petit bonhomme monte sur le siége, et ils disparaissent. Quelques jours après, j' l'ai revu, l'Auvergnat, boulevard des Capucines... il m'a tout conté... il n'avait plus froid... Dorénavant, la marmotte avait de quoi prendre son café tous les matins... La grande dame qu'avait secouru l'enfant, c'était madame de Mareuil! Une paire de souliers, et quelques pièces de monnaie ce n'est pas extraordinaire... mais la bonne action y est!... V'là ce qu'elle a fait, la femme que tu veux perdre... v'là ce qu'elle a fait pour un de tes pays!... Et je dis qu'il y a une Providence!... et je dis que ça lui portera bonheur!... Ah!...

CANIGOU.

Elle a fait ça?

CÉSAR.

Pardine! puisque le petit auberpin m'a tout dit!

CANIGOU.

Elle a fait ça pour un enfant de l'Auvergne!... Oh! c'est bien, fichtra!... Je suis un gueux d'avoir eu l'idée... (*Lui donnant les lettres.*) Tiens, les v'là les lettres... brûle-les toi-même!... Un enfant de l'Auvergne!... c'est sacré ça!

CÉSAR, *mettant les lettres dans sa poche.*

A la bonne heure!... je savais bien que tu avais quelque chose là!... Merci, merci!... Tiens, ma vieille, toi aussi tu fais une bonne action!... embrasse-moi! (*Il lui saute au cou. — Trois heures sonnent.*)

CANIGOU*.

Trois heures!...

CÉSAR.

V'là le moment de casser sa canne. Bonsoir, ma vieille.

CANIGOU, *lui prenant la main.*

Bonsoir!... Les enfants de l'Auvergne... (*il lui tape rudement dans la main*) c'est des bons enfants, fichtra! (*Il va pour sortir par la porte à gauche, et se retourne vers César.*) Oh! oui, c'est de bons enfants, les enfants de l'Auvergne! (*Il sort à gauche.*)

CÉSAR, *secouant sa main.*

C'est des bonnes poignes aussi, les enfants de l'Auvergne... fichtra!... Pardine, nous en sommes tous des bons enfants! il ne s'agit que de s'entendre!.. (*Musique piano à l'orchestre. — Il s'étend sur la couverture qu'il a placée devant la porte à droite. — A demi-voix.*) Bonsoir, ma petite Causette... je suis là... dors tranquille... je veille sur toi... comme un vrai caniche... bonsoir! (*Posant sa tête sur la chaise et s'endormant.*) Bonsoir!... bonsoir!

SCENE V.

CÉSAR, MALASSIS, *puis* CANIGOU, THOMAS *et* LES AUTRES HABITUÉS.

(*Malassis entre tout doucement par le fond, une lanterne à la main; il va d'abord regarder à la porte de gauche, puis s'approche de César.*)

MALASSIS**.

Hé! César!... (*le touchant de la main*) César!

CÉSAR, *à moitié endormi.*

N'y a plus personne... je dors!...

* Canigou, César.

** Malassis, César.

MALASSIS.

Je vas me coucher aussi.

CÉSAR.

Bonne nuit!

MALASSIS, *tirant une clef de sa poche.*

Tiens! v'là la clef de Causette.

CÉSAR, *relevant un peu la tête.*

Sa clef?...

MALASSIS.

Oui, sa clef... si elle rentre, tu la lui donneras.

CÉSAR, *se levant sur son séant.*

Causette... Causette n'est pas rentrée?...

MALASSIS.

Dame! à moins que vous ne soyez revenus ensemble!..

CÉSAR, *se levant tout à fait.*

Oh! ce n'est pas possible! (*Il prend vivement la clef et la lanterne des mains de Malassis et entre dans la chambre de droite.*) Causette!.. Causette!..

MALASSIS, *près de la porte.*

Mais, quand je te dis qu'elle n'y est pas! (*Il range, dans le coin à droite, la couverture, la chaise et l'escabeau.*)

CÉSAR, *revenant, hors de lui* *.

Ah! mon Dieu!.. (*Avec une voix étranglée.*) Elle n'y est pas!.. où qu'elle est?.. (*Allant à la porte de gauche.*) Canigou!.. Thomas!.. Joseph!.. mes amis!.. mes amis, réveillez-vous tous!.. (*Canigou, Thomas et tous les habitués entrent précipitamment par la porte de gauche.*)

THOMAS **.

Qu'est-ce qu'il y a?.. le feu est à la maison?..

CÉSAR.

On nous a enlevé notre amie à tous!... on nous a pris Causette!

TOUS.

Ah!..

MALASSIS, *venant près de César* ***.

Chut, donc! à trois heures du matin, tu vas faire monter la garde!.. (*Il remonte au fond.*)

* César, Malassis.

** Canigou, César, Thomas, Malassis.

*** Canigou, César, Malassis, Thomas.

CÉSAR *.

Qu'est-ce que ça me fait? (*Allant à Canigou.*) Canigou... tu l'as vue ce soir... sur le boulevard...

CANIGOU.

Dame, à minuit... mais depuis...

CÉSAR, *allant successivement de l'un à l'autre.*

Rossignol... Joseph... (*Avec égarement, en saisissant Thomas.*) Thomas... c'est toi... c'est toi qui m'as enlevé Causette!..

THOMAS.

Moi!

TOUS.

Lui!

MALASSIS, *revenant près de César* **.

Tais-toi donc!.. (*Il remonte au fond.*)

CÉSAR, *éclatant en sanglots et revenant au milieu* ***.

Oh! pardon!.. pardon!.. mais je deviens fou!.. C'est notre amie! c'est notre enfant à tous!.. chacun de nous l'aime et la respecte comme une brave fille!.. Oh! vous m'aiderez à la retrouver, n'est-ce pas?

TOUS, *avec force.*

Oui!.. oui!..

MALASSIS, *redescendant* ****.

Silence donc!.. on vous entend de la rue... (*Il remonte et disparaît un moment par la porte du fond.*)

CÉSAR, *avec désespoir* *****.

Oh! Causette!.. Causette!.. ma sœur!.. ma pauvre sœur!.. Causette nous quitter!.. déserter sa petite chambre!.. Oh! ma caboche... ma pauvre caboche!.. Mais non!.. c'est impossible!.. on l'a enlevée!... Causette! ma pauvre Causette!.. (*Il sanglote et tombe dans les bras de Canigou. — On s'empresse autour de lui.*)

BLAIREAU, *en dehors.*

Portez armes!...

MALASSIS, *rentrant, avec agitation* ******.

Bon! la patrouille!.. j'en étais sûr!.. (*Blaireau entre par le fond, suivi d'un seul garde national.*)

* Canigou, César, Thomas, Malassis, *au fond*.
** Canigou, Malassis, César, Thomas.
*** Canigou, César, Malassis, *au fond*, Thomas.
**** Canigou, César, Malassis, Thomas.
***** Canigou, César, Thomas.
****** Canigou, César, Malassis, Thomas.

SCENE VI.

LES MÊMES, BLAIREAU, UN GARDE NATIONAL.

(*Blaireau descend la scène. — Le garde national reste devant a porte.*)

BLAIREAU *.

Pourquoi crie-t-on ici?

MALASSIS.

Caporal... j'vas vous dire...

BLAIREAU.

Silence!.. (*Au garde national.*) Chasseur Varoquin, ne vous éloignez pas!.. Le seul brave qui me soit resté!.. M. Moutardier m'a brûlé la politesse... (*A César.*) Voyons, que se passe-t-il?..

CÉSAR, *marchant avec un peu d'égarement.*

Oh!.. mais je la retrouverai!.. ** Il y a des sergents de ville, à Paris!..

BLAIREAU, *le suivant.*

Oui!

CÉSAR, *même jeu.*

De la troupe de ligne!..

BLAIREAU, *même jeu* ***.

Oui!..

CÉSAR.

De la garde nationale!..

BLAIREAU.

Oui!..

CÉSAR.

Il faudra bien qu'ils marchent.

BLAIREAU.

Ils marcheront!..

CÉSAR, *comme en délire, venant sur Blaireau.*

Eh bien! marchons!

TOUS, *venant sur Blaireau.*

Oui!.. oui!..

BLAIREAU, *effrayé, regardant autour de lui.*

Chasseur Varoquin!.. entourez-moi!.. (*Tous reculent. — Le garde national vient s'installer derrière lui et ne le quitte plus.*)

* Canigou, César, Blaireau, Malassis, Thomas.

** Canigou, Blaireau, César, Malassis, Thomas.

*** Canigou, César, Blaireau, Malassis, Thomas.

CHOEUR.

AIR *nouveau de M. J. Nargeot.*

Nous souffrons tous du malheur qui t'accable,
Et, si ses jours courent quelque danger,
Nous jurons tous de punir le coupable!
A nous, amis, le soin de la venger!

CÉSAR.

Vous qui voyez ma douleur, ma souffrance,
Mon Dieu! sauvez Causette, et rendez-moi ma sœur!
J'avais juré de prendre sa défense :
Même au prix de mes jours, ah! sauvez son honneur!

REPRISE DU CHOEUR.

Nous souffrons tous du malheur qui t'accable, etc.

(*Pendant cette reprise, Blaireau cherche vainement à rétablir l'ordre. — Pêle-mêle, confusion générale. — Tous se précipitent vers la porte du fond, en entraînant Blaireau et son garde national. — Tableau. — Le rideau tombe.*)

ACTE V.

Trois heures du matin. Le boulevard des Italiens, devant Tortoni. Même décoration qu'au premier acte. — Seulement le boulevard est désert. — Les volets de Tortoni et de la Maison d'or sont fermés. — Une des fenêtres de la Maison d'or est éclairée. — Il ne reste plus d'allumées que les lanternes de la ville. — Au lever du rideau, le garde du commerce est au milieu du théâtre, un des recors est à l'entrée de la rue Laffitte, et l'autre est appuyé contre le support d'une lanterne du boulevard, contre la coulisse de droite. — Il fait nuit complète.

SCENE I.

LE GARDE DU COMMERCE, LES RECORS.

CHOEUR, *dans la Maison d'or sans accompagnement d'orchestre**.

Turlututu! *bis.*
Que ce refrain soit répandu!
Turlututu!
Turlututu! (*ter.*) turlututu! (*Rires bruyants.*)

LE GARDE DU COMMERCE.

Oui, chante, bel oiseau de nuit... en attendant que je te pince... (*Il tire sa montre.*) Le jour ne va pas tarder.

* Le garde, les recors.

SCÈNE II.

LES MÊMES, HECTOR.

HECTOR*, *sortant de la Maison d'or, très-pâle, le gilet ouvert, la cravate défaite.*

Ah! que c'est bête d'être malade comme ça!... Cet animal de Dutillet qui m'a fait fumer un gros cigare...

PLUSIEURS VOIX, *dans la Maison d'or.*

Totor! Totor!...

HECTOR, *criant.*

Je reviens... je vais chercher un ananas... (*A lui-même.*) Ah! je m'amuse joliment!... (*Il se dirige vers la droite et heurte le recor qui est appuyé contre la lanterne. — Otant son chapeau.*) Pardon, monsieur... (*Il s'éloigne par le boulevard à droite.*)

LE GARDE DU COMMERCE**, *le regardant sortir.*

Un jour ou l'autre, tout ça nous revient... C'est de la graine de Clichy... (*Nouveaux rires dans la Maison d'or.*) En attendant qu'ils aient fini de rire, nous avons le temps de boire un petit coup... (*Regardant du côté de la rue Laffitte.*) Justement j'aperçois un marchand de liquides qui ôte ses volets... Venez... ça nous remettra de notre nuit. (*Ils disparaissent tous les trois par la rue Laffitte.*)

SCÈNE III.

BLAIREAU, *en dehors.*

Portez armes!... (*Il entre par le boulevard à gauche; il est seul et marche jusqu'au milieu du théâtre, comme s'il était en tête de sa patrouille.*) Portez... (*Il s'arrête et se retourne.*) Que je suis bête!... j'oublie toujours que j'ai perdu mes quatre hommes!... (*Il descend la scène.*) Il ne me restait que monsieur Varoquin... Cet homme naïf est allé voir lever l'aurore sur les buttes Montmartre... Si je rentrais au corps de garde, on se ficherait de moi.... Je me promène tout seul dans les rues, comme un imbécile... (*Cherchant sur lui.*) Où diable ai-je fourré ma tabatière?... Bon! j'ai perdu ma tabatière!... Chaussée-d'Antin *street*, j'ai revu ma porte cochère... Ça m'a distrait un moment... J'ai regardé les fenêtres de ma maison... pas de lumière. Peut-être mon épouse veille-t-elle?... Mais impossible de m'en assurer, vu que ma Virginie couche sur le derrière... Je me promène... et allez donc!... et allez donc!... J'ai rencontré pas mal de pochards complétement émus... L'un d'eux chantait à tue-tête :

« Ah! que l'amour est agréable!
» Il est de toutes les saisons...

* Le garde, Hector, les recors.

** Le garde, les recors.

Je m'approche et je lui dis avec une politesse... exquise : « Jeune » homme, l'amour est agréable, c'est possible,.. je crois même » qu'il est de toutes les saisons... mais ce n'est pas une raison » pour réveiller tout le monde... » On ne pouvait pas être plus poli... Savez-vous ce qu'il fait? Il me tape sur le ventre et m'appelle vieux melon... Qu'est-ce que vous voulez qu'on fasse à un homme aviné, qui vous tape sur le ventre et qui vous appelle vieux... chose!... Puis, j'ai rencontré des milliers de rats, qui faisaient leurs farces sur la voie publique... ils se couraient après... ils jouaient au chat... C'est drôle des rats qui jouent au chat!...

AIR de *Un et un font un.*

Quand la nuit est sombre,
J'aime à les voir dans l'ombre...
On ne sait pas leur nombre,
Jamais on n' le saura.
D' ces animaux j' raffole :
Ça saut', ça danse la polka ;
Ça fait la cabriole,
Comm' des rats d' l'Opéra!
En voyant ces petit's bêtes-là,
On s' croit à l'Opéra! (*bis.*)

O Virginie, que ne dormais-je près de toi!... Je suis peu rassuré... Si on allait m'arrêter... il ne manquerait plus que ça... ce serait le bouquet... Dame! c'est que les rues ne sont pas très-sûres... Enfin, promenons-nous.

AIR *du Démon de la nuit.*

Jusqu'au jour, et sans effroi,
Marchons en silence :
Dans la nuit que la prudence
Veille autour de moi!

Il remonte vers la gauche.

SCÈNE IV.

BLAIREAU, CAUSETTE.

CAUSETTE*, *entrant rapidement par la rue Laffitte.*

Suite de l'air.

Où me cacher? il me semble,
A chaque instant, qu'on me suit...
Seule à cette heure! Je tremble...
Je frissonne au moindre bruit. .

* Blaireau, Causette.

Quand donc finira la nuit?

Blaireau redescend.

REPRISE ENSEMBLE.

Jusqu'au jour et sans effroi, etc.

En marchant avec crainte, ils se heurtent. Tous deux poussent un cri et se réfugient chacun d'un côté du théâtre, Blaireau à droite, Causette à gauche.

CAUSETTE.*

Ah! mon Dieu!

BLAIREAU.

Qu'est-ce que c'est?... Quoi?... Plaît-il?... Qui vive?

CAUSETTE.

C'est personne, mon bon monsieur.

BLAIREAU.

Ne m'approche pas, Cartouche! Mandrin!... je suis armé!

CAUSETTE.

Monsieur, ayez pitié de moi; je suis une pauvre fille, et une honnête fille, je vous jure.

BLAIREAU.

Une honnête fille, à pareille heure, sur le macadam!

CAUSETTE.

On a voulu me retenir à... à la Maison d'or; mais je suis parvenue à m'enfuir. Je n'ose pas rentrer au garni, parce que César ne me pardonnerait pas.

BLAIREAU.

Qui ça? César?... (*L'examinant de plus près.*) Eh!... mais je ne me trompe pas! tu es la petite bouquetière qui, hier soir...

CAUSETTE.

Oui; et je ne sais où aller. (*Poussant un cri, comme frappée d'une idée.*) Ah!

BLAIREAU, *effrayé, et passant, à gauche, par derrière Causette.*

Hein?... Quoi?... Un voleur?...

CAUSETTE.

Non; une idée!

BLAIREAU.

J'aime mieux ça.

CAUSETTE.

Vous êtes de la patrouille?

BLAIREAU.

Oui.

* Causette, Blaireau.

CAUSETTE.

Arrêtez-moi !

BLAIREAU.

Plaît-il?

CAUSETTE.

Conduisez-moi au poste.

BLAIREAU.

Tu veux que je te traîne au violon?

CAUSETTE.

Jusqu'au jour... Là je serai à l'abri des poursuites.

BLAIREAU.

Mais, je ne peux pas t'arrêter, puisque j'ai perdu mes quatre hommes.

CAUSETTE.

Oh ! mon bon monsieur, je vous en supplie à mains jointes, arrêtez-moi, ça vous portera bonheur !

BLAIREAU.

Ca me portera bonheur de t'arrêter?.. (*A partir de ce moment, le jour vient peu à peu.*)

CAUSETTE.

AIR : *Comme il m'aimait.*

Arrêtez-moi ! (*Bis.*)
Il est tard... je suis inquiète.
Mais dans votre bon cœur j'ai foi :
Ayez pitié de mon effroi !
A vous suivre me voilà prête...
Je suis une jeun' fille honnête...
Arrêtez-moi ! (4 *fois.*)

Elle remonte un peu.

BLAIREAU, *à lui-même en passant à droite.*

Qu'est-ce qu'elle me chante là?

CAUSETTE, *revenant à Blaireau*.*

Même air.

Arrêtez-moi (*Bis.*)
De terreur... voyez... je frissonne...
Je vous suivrai, comptez sur moi...
Je vous suivrai, de par la loi !
Je suis douc', travailleuse et bonne,
J' n'ai jamais fait d' mal à personne...

* Causette, Blaireau.

(*Parlé.*) Oh ! je vous en prie, monsieur... (*Achevant l'air.*)
Arrêtez-moi ! (*4 fois.*)

BLAIREAU.

Mais, tu ignores donc que, pour appréhender un délinquant ou une délinquante, il faut quatre hommes et un caporal... Les quatre hommes ne peuvent pas arrêter sans le caporal ; le caporal ne peut pas arrêter sans les quatre hommes. — C'est clair, ça. Apporte-moi mes quatre hommes, et je t'arrêterai, si ça peut te faire plaisir.

CAUSETTE, *pleurant.*

O mon Dieu !.. on ne veut pas m'arrêter !..

BLAIREAU.

Voyons, calme-toi... Si ce n'est que ma protection que tu demandes, je te l'accorde.

CAUSETTE.

Vrai ? Oh ! que vous êtes bon !

BLAIREAU.

Prends mon bras !.. (*Causette le prend.*) Nous allons nous promener ensemble. — Où veux-tu aller ?

CAUSETTE.

Où vous voudrez... ça m'est bien égal...

BLAIREAU.

Veux-tu venir faire un petit tour du côté de l'Odéon ?

CAUSETTE.

C'est bien loin.

BLAIREAU.

Et puis, c'est un quartier embêtant. Enfin, marchons toujours ! au petit bonheur !.. quelle heure peut-il bien être ?.. tu ne sais pas l'heure qu'il est, toi ?..

CAUSETTE.

Non.

BLAIREAU.

J'ai oublié ma montre... Qui diable pourrait nous dire l'heure ? (*On entend chanter un coq ; un autre coq lui répond dans l'éloignement. — Ici, l'orchestre exécute en sourdine les premières mesures de l'air suivant.*) Je suis fixé !.. Cocorico, dans le langage de ces volatiles, ça veut dire : Il est quatre heures moins un quart. — Allons nous promener.

ENSEMBLE. *Suite de l'air.*

Air *de la Fiancée.* (Garde à vous.)

Et puisse la nuit sombre
Nous servir de son ombre,

Pour éloigner de nous
Les filous!
Garde à nous!

BLAIREAU, *seul.*

Garde à nous! (*Bis.*)

Pendant que l'orchestre achève l'air, BLAIREAU, *qui se dirigeait avec Causette vers la droite, pousse un cri :*

Ah!

CAUSETTE, *tremblante.*

Quoi donc?.. un voleur?..

BLAIREAU.

Non!.. un rat!.. tu n'as pas vu... (*Désignant le coin du boulevard, à droite.*) Là!.. C'est effrayant, ce qu'il y a de rats dans Paris. Tiens! le vois-tu?.. Attends... n'aie pas peur... je suis un homme; je vais lui parler sévèrement... Ah! le voilà qui rentre dans son trou!. viens... passons vite... (*Ils sortent rapidement par le boulevard, à droite. — Au même instant entre, par le boulevard, à gauche, Mathilde, dans la plus grande agitation.*)

SCÈNE V.

MATHILDE, *puis* DUTILLET, *à la fenêtre de la Maison d'or.*

MATHILDE, *seule.*

Oh! quelle nuit!.. seule dans un fiacre, à entendre leurs rires et leurs chansons!.. (*Eclats de rire dans la Maison d'or.*) Encore! oh! entrons!.. (*Elle se dirige vers la Maison d'or: à ce moment la fenêtre, qui est éclairée, s'ouvre, et l'on voit paraître Dutillet.*)

DUTILLET, *à la fenêtre* *.

Où diable est passé Hector? (*Appelant.*) Hector!..

MATHILDE, *qui s'est arrêtée.*

Cette voix!.. (*Reconnaissant Dutillet.*) Ce jeune homme!.. (*Dutillet disparaît et referme la fenêtre.*) Il est là, avec Georges... Qu'allais-je faire? oh! je suis folle!.. Et ce fiacre, que j'ai renvoyé!.. pas de voiture!,. mon Dieu! seule à cette heure... à qui aurai-je recours?.. (*Elle remonte un peu. — Blaireau rentre par le boulevard, à droite, en donnant toujours le bras à Causette. Il a l'air de chercher quelque chose.*)

SCÈNE VI.

MATHILDE, BLAIREAU, CAUSETTE, *puis, à la fin,* CÉSAR.

BLAIREAU, *à Causette* **.

Quand je te dis que j'ai perdu ma tabatière... J'y tiens, à cause du portrait de Poniatowski. (*Il cherche.*)

* Mathilde, Dutillet.

** Mathilde, Blaireau, Causette.

MATHILDE, *apercevant Blaireau, allant à lui.*

Ah !

BLAIREAU, *effrayé.*

Hein?... quoi?... Qu'est-ce? (*Causette quitte son bras.*)

MATHILDE.

Monsieur, je me mets sous votre protection.

BLAIREAU.

Une femme !... Encore !... C'est effrayant comme les femmes sortent la nuit cette année !

MATHILDE.

Vous êtes un galant homme.

BLAIREAU.

Madame, j'ai mes heures.

MATHILDE.

Si vous saviez combien je suis malheureuse ! (*Elle pleure.*)

CAUSETTE, *avec intérêt.*

Elle pleure !

BLAIREAU.

Madame... certainement, madame.

MATHILDE.

Et si vous vouliez me conduire...

BLAIREAU.

Au poste ?...

MATHILDE, *se reculant.*

Mais non, monsieur?

BLAIREAU.

Ah ! que je suis bête !... (*A Causette.*) C'est toi, avec ton arrestation, qui me fais dire des billevesées !

MATHILDE.

A deux pas d'ici, rue de la Chaussée-d'Antin.

BLAIREAU.

Ma rue !... (*La regardant avec plus d'attention.*) Mais... attendez donc !... je vous reconnais !... vous êtes madame de Mareuil ?

MATHILDE.

Oui, monsieur.

BLAIREAU, *riant.*

Mais vous êtes ma voisine !... je suis Blaireau !... Blaireau, l'époux de Virginie !... (*Changeant de ton et ôtant son shako.*) Et l'état de votre santé est toujours satisfaisant, madame ?

MATHILDE.

Venez, monsieur, venez, je vous en prie.

BLAIREAU.

Volontiers, madame. (*Il donne le bras aux deux dames, et s'avance avec elles vers le public, en tenant son fusil comme s'il présentait armes.*) S'il m'arrivait une troisième femme, je ne saurais où la mettre... Complet!

AIR *du Chevalier du Guet.*

LES DEUX FEMMES.

Mais de la nuit

BLAIREAU.

Mais de la nuit

LES DEUX FEMMES.

L'ombre s'enfuit.

BLAIREAU.

L'ombre s'enfuit.

LES DEUX FEMMES.

Soyez discret,

BLAIREAU.

Je suis discret!

LES DEUX FEMMES.

Et gardez bien notre secret!

Ils se dirigent vers la gauche, lorsque César arrive par le boulevard, à gauche, et s'arrête, comme frappé, en apercevant Causette.

CAUSETTE, *quittant le bras de Blaireau*.*

César! (*Elle reste anéantie.*)

BLAIREAU.

Ah! c'est là le César en question?... Bonjour, mon bon ami. (*A Causette.*) Alors, tu ne viens pas?... Non!... (*Riant.*) Hé! hé!... Bonsoir, petite! (*A Mathilde.*) Ah! madame, que je suis donc content d'avoir fait votre connaissance!... (*S'éloignant avec elle par la rue Taitbout.*) Allâtes-vous quelquefois à l'Ambigu... voir *le Monstre?...* (*Ils disparaissent. — Il fait grand jour.*)

SCENE VII.

CÉSAR, CAUSETTE.

CÉSAR, *d'une voix brève, et s'approchant un peu de Causette, qui n'ose bouger.***

D'où venez-vous? Qu'est-ce que vous avez fait?... Pourquoi n'êtes-vous pas rentrée? Parlez; mais parlez donc!

* César, Mathilde, Blaireau, Causette.

** César, Causette.

CAUSETTE, *tremblante.*

César, je...

CÉSAR, *vivement.*

Ça n'est pas vrai ; vous mentez.

CAUSETTE.

César, vous me faites peur !

CÉSAR.

Ah! je vous fais peur, moi! Mais il y en a d'autres... ils ne vous font pas peur, ceux-là... parce que... Dame!...

CAUSETTE.

Mais !... je ne sais !...

CÉSAR.

Eh ben ! j' sais, moi ; j' sais que vous avez assez de votre petite robe... (*Mouvement de Causette.*) Oh ! vous me l'avez déjà fait entendre!... Vous pourrez en avoir, des robes de soie! Pardine! c'est ben malin!... il suffit d'être jolie pour ça; et vous êtes jolie... à ce qu'on dit. Moi, je m'y connais pas... Ça vous fatigue d'aller à pied ?... Oh ! vous pourrez avoir des voitures ! c'est encore ben malin... il suffit d'avoir des petits pieds... et y en a qui disent que les vôtres sont d'un petit!... mais d'un petit!... que c'en est ridicule... Eh ben ! ayez des robes de soie, allez en calèche, et c'est moi qui vous ouvrira vot' portière... et vous baisserez les yeux. (*Pleurant.*) Ce jour-là, donnez-moi donc un pour boire, si vous l'osez?

CAUSETTE.

César...

CÉSAR.

Ah ! c'étaient de braves gens que vos parents... ferrés sur l'honnêteté? D' là haut, ils vous voient quitter le bon chemin... bon voyage, Causette!.... mais j' vous suivrai pas sur c'tte route-là !... (*Il va pour s'éloigner par la rue à gauche; Causette se précipite vers lui et le retient.*)

CAUSETTE.

César... tu m'abandonnes !

CÉSAR, *se retournant, avec colère.*

Mais parlez donc! Où avez-vous passé la nuit? Mais dites-moi quelque chose... cherchez, inventez, trompez-moi, si vous pouvez... j' demande pas mieux que d' vous croire! Mentez, si vous voulez... mentez... pourvu que je puisse dire : Eh ben! oui, au fait, ça a pu se passer comme ça! Parce que, voyez-vous, depuis une heure je ne vis pas, je suis comme un abruti... je... (*Avec désespoir et jetant sa casquette.*) Ah! satané Rigolo!...

CAUSETTE.

Non... je n'inventerai rien... je te dirai tout.

CÉSAR.

La vérité?

CAUSETTE.

Sans doute, la vérité!

AIR *nouveau de M. Baxile.*

A vous, César, comme à mon frère,
J'aurai du moins tout raconté.
Je vous promets d'être sincère...
Voilà... voilà la vérité!
Hier, un monsieur me dit :.. Petite,
« Veux-tu gagner un louis d'or ?..
» Va chercher un bouquet... va vite... »
Je voulus grgner ce trésor...
Je vis de belles demoiselles
Qui buvaient du champagne ici...

Elle indique la Maison d'or.

On me pria... je fis comme elles...
Et... je bus du champagne aussi!

CÉSAR, *parlé.*

Hein? vous avez bu du champagne?

CAUSETTE, *baissant les yeux.*

A vous, César, comme à mon frère,
J'aurai du moins tout raconté.
Je vous promis d'être sincère...
Voilà... voilà la vérité!

CÉSAR.

Après... après?...

CAUSETTE.

Même air.

Je leur dis : « Il faut que je sorte...
» César m'attend... il se fait tard... »
L'un d'eux se mit devant la porte;
Pour s'opposer à mon départ.
Mais un autre prit ma défense,
Et, là, pour se payer, je crois,
De sa généreuse assistance...
Il m'embrassa... deux ou trois fois...

CÉSAR, *parlé.*

Ah! il vous a embrassée!

CAUSETTE, *baissant les yeux.*

A vous, César, comme à mon frère, etc.

CÉSAR.*

Et c'est là... tout?...

CAUSETTE.

Oh! je le jure!

CÉSAR.

Ainsi, c'est à la Maison d'or que tu as passé la nuit?

CAUSETTE.

Oui, César.

CÉSAR.

Ce n'est pas vrai... tu mens... j'y suis allé, à la Maison d'or, et je te dis que tu n'y étais pas!

CAUSETTE.

J'y étais, César... Cette femme... dans un fauteuil...

CÉSAR.

C'était toi!... et tu m'as entendu!... et quand je suis sorti, tu ne m'as pas appelé?

CAUSETTE.

Je n'ai pas osé... « Si je savais la moindre chose... » avais-tu dit.

CÉSAR.

« Elle passerait un vilain quart d'heure. »

CAUSETTE.

J'ai eu peur... Mais maintenant, César, plutôt que de m'abandonner... (*se mettant à genoux*) eh bien!... tue-moi!

CÉSAR, *la relevant.*

Causette!... (*La prenant dans ses bras*) Oh! non, tiens!... ça me ferait trop de mal de ne pas te croire... et je te crois! (*l'embrassant*) je te crois... je te crois... je te crois!... oui, t'es t'une honnête fille... et je te crois plutôt dix fois qu'une!

GEORGES, *qui vient de sortir de la Maison d'or, et qui a entendu les dernières paroles.*

Et tu as raison, mon garçon.

CÉSAR.

Monsieur Georges! (*Causette passe à gauche.*)

SCENE VIII.

LES MÊMES, GEORGES.

GEORGES**.

Oui... c'est moi qui ai pris la défense de cette enfant, et je te jure...

CÉSAR.

Vous!... c'est vous qu'a protégé Causette?

* César, Causette, Georges.

** Causette, César, Georges.

GEORGES.

Contre ce Dutillet.

CÉSAR.

Dutillet!... Comment! c'est lui qui a voulu la retenir!... Ah çà, mais, il les lui faut donc toutes, à ce pommadin-là? Ma petite Causette... vot' femme!...

GEORGES, *vivement.*

Mathilde!... que dis-tu?

CÉSAR, *à part.*

Oh! j'ai dit une bêtise!... (*Haut.*) Ah! au fait tant pis! il payera tout à la fois... (*A Georges.*) Eh ben, oui, vot'femme!... (*lui remettant les lettres que Canigou lui a données au 4e acte.*) Tenez, v'là les lettres qu'il lui écrivait et qu'elle n'a jamais voulu recevoir! (*Il retourne près de Causette qui s'est tenue un peu à l'écart.*)

SCENE IX.

LES MÊMES, DUTILLET, *puis* LE GARDE DU COMMERCE *et* LES RECORS.

DUTILLET*, *sortant de la Maison d'or et venant à Georges.*

Eh bien! monsieur Georges, vous abandonnez ces dames?...

CÉSAR.

Ah! le v'là! je vas régler nos deux comptes. (*Il retrousse ses manches.*)

CAUSETTE, *le retenant.*

César! (*Ils remontent un peu tous les deux.*)

GEORGES, *à Dutillet.*

Monsieur; je me nomme Georges de Mareuil...

DUTILLET.

Ah! bah!

GEORGES, *lui montrant les lettres.*

Voici vos lettres... comprenez-vous!...

DUTILLET.

Parfaitement, monsieur.

GEORGES.

Nous trouverons des armes chez Devisme... (*Il s'éloigne un peu vers la gauche.*)

CAUSETTE,** *effrayée.*

Un duel!...

CÉSAR, *relevant toujours ses manches.*

Laisse donc, j'vas arranger l'affaire... (*Depuis un moment on a vu déboucher de la rue Laffitte le garde du commerce et ses deux recors, qui se montrent Dutillet, et s'approchent silencieusement sans être vus de lui.*)

* Causette, César, Georges, Dutillet.

** Georges, Causette, César, Dutillet.

DUTILLET*, *à Georges.*

Le temps de trouver deux témoins...

CESAR, *désignant le Garde du commerce et les Recors.*

Des témoins, mon prince... en v'là qui vous arrivent.

DUTILLET, *se retournant, et voyant le Garde du commerce qui le salue.*

Que signifie?...

LE GARDE DU COMMERCE, *très-poliment.*

Pardon, monsieur... C'est à monsieur Dutillet que j'ai l'honneur de parler?...

DUTILLET.

Oui... Eh bien ?

LE GARDE DU COMMERCE.

Je suis Rabourdin... (*Dutillet a l'air de dire qu'il ne connaît pas.*) garde du commerce...

DUTILLET, *à part.*

Aïe!...

LE GARDE DU COMMERCE.

Et il fait jour...

DUTILLET.

Comment ?...

CAUSETTE, *au deuxième plan, avec César.*

On l'arrête ?...

GEORGES**, *s'approchant de Dutillet et s'adressant au Garde du commerce.*

Pardon, monsieur... monsieur Dutillet a encore besoin d'une heure de liberté... (*Fouillant à sa poche.*) et je m'engage...

CÉSAR, *descendant vivement à la droite de Georges.*

Payer pour lui !... Allons donc ! il vous ruinerait!

DUTILLET.

Désolé, monsieur de Mareuil...

GEORGES.

Partie remise, monsieur...

CÉSAR.

Pour dans cinq ans !...

DUTILLET, *au Garde et aux Recors.*

Messieurs...

LE GARDE DU COMMERCE, *lui présentant son bras.*

Monsieur, voulez-vous me permettre d'accepter votre bras ?

DUTILLET, *faisant d'abord un mouvement de répugnance, puis se résignant, après avoir regardé autour de lui.*

Ah!... après tout, il ne passe personne... Volontiers... (*Le Garde du commerce le prend par-dessous le bras gauche ; un des Recors le prend par-dessous le bras droit.*)

* Georges, Causette, César, Dutillet, le garde.

** Causette, César, Georges, Dutillet, le garde.

CÉSAR, *riant, à Dutillet.*

Dites donc, bourgeois ! faut-y une voiture ?...

ENSEMBLE.

AIR *final du premier acte de la Savonnette impériale.*

Pas d'éclat, de murmure !...
Retirons-nous / Retirez-vous sans bruit.
Quelle étrange aventure
Vient terminer sa / ma nuit !

CÉSAR.

Enlevé !... Clichy ! trajet direct !... (*Dutillet sort par le boulevard, à droite, avec le Garde du commerce et les deux Recors. Au même instant arrivent par la rue Laffitte, sortant de la Maison d'or, Malaga, Simonne, les deux jeunes gens et les deux jeunes femmes du troisième acte.*)

SCÈNE X.

GEORGES, CÉSAR, CAUSETTE, MALAGA, SIMONNE, DEUX JEUNES GENS, DEUX JEUNES FEMMES, *puis* HECTOR, *et ensuite* BLAIREAU.

MALAGA*, *voyant sortir Dutillet, et surprise.*

Comment !.. Dutillet.. (*Apercevant Georges.*) Ah ! Georges !..

GEORGES.

Qui vous fait ses adieux. Je pars demain pour l'Italie.

SIMONNE, *à part.*

Bah ! c'est déjà fini ?

CÉSAR**, *qui vient près de Georges.*

Merci encore, monsieur Georges ; nous nous reverrons... sur le boulevard... Dame ! c'est notre patrie, à nous, et nous y resterons, ma petite Causette et moi, tant qu'il y aura des fleurs aux champs et des citadines à ouvrir.

GEORGES.

Adieu, mon garçon...

CÉSAR.

Adieu, monsieur Georges... (*Il sort par la rue Taitbout. — César passe à la gauche de Causette qui lui donne le bras.*)

MALAGA.

Mais qui me consolera ?

HECTOR***, *arrivant par le boulevard à droite ; il entre d'un air tout gaillard et le lorgnon sur l'œil, et vient près de Malaga.*

Moi !..

* Georges, Causette, César, Malaga, Simonne.

** Georges, César, Causette, Malaga, Simonne.

*** Causette, César, Malaga, Hector, Simonne.

MALAGA.

Totor!.. voilà mon affaire... donnez-moi le bras!.. (*Elle lu prend le bras.*)

HECTOR, *à part.*

Ah ! le grand air m'a fait du bien.

BLAIREAU, *arrivant par la rue Taitbout, il n'a plus son fusil**.

Allons, bon!.. voilà que j'ai perdu mon fusil, maintenant!. (*I cherche des yeux.*)

CÉSAR, *à Causette, pendant que Malaga, Simonne, Hector et le autres forment groupe au deuxième plan à droite.*

Causette, je t'épouserai... le jour de ma première barbe.

CAUSETTE.

Tu m'aimes donc?

CÉSAR.

Je crois que oui.

BLAIREAU, *sur le devant, à gauche,*

Perdre mes quatre hommes, ma tabatière et mon fusil!... J regrette ma tabatière, à cause du portrait de Poniatowski!.. J'aime la Pologne!...

CHOEUR FINAL.

AIR *nouveau de M. Bazile.*

Lorsque la nuit s'achève,
Quand le jour va venir,
Quand le soleil se lève,
Il est temps de dormir.

CAUSETTE, *venant devant le public, en donnant toujours le bras à Césa*

On dit tout songe,
Tout mensonge!...
Et nos auteurs, sans sommeiller,
Bien près de nous font un beau songe.
Ah! n'allez pas les réveiller.

Pendant la reprise du chœur final, Causette et César remontent vers fond à droite, comme pour sortir; Malaga, Hector et Simonne se d rigent vers la gauche; Hector donne le bras aux deux dames.—Blaire est au milieu.

REPRISE DU CHOEUR.

Lorsque la nuit s'achève, etc.

Au moment où les personnages vont sortir de scène, le rideau baisse

* Blaireau, Causette, César, Hector, Simonne.

FIN.

Paris.—Typ. de Mme Ve Dondey-Dupré, rue Saint-Louis, 46, au Marais

BIBLIOTHÈQUE NATIONALE R.F. EMPRIMÉS
41

BIBLIOTHEQUE NATIONALE DE FRANCE
3 7531 01720804 3

www.ingramcontent.com/pod-product-compliance
Ingram Content Group UK Ltd.
Pitfield, Milton Keynes, MK11 3LW, UK
UKHW020404230726
13925UKWH00003B/1248

9 782014 429718